CORAZÓN EN LIBERTAD
CATHY WILLIAMS

Editado por Harlequin Ibérica.
Una división de HarperCollins Ibérica, S.A.
Núñez de Balboa, 56
28001 Madrid

© 2016 Cathy Williams
© 2016 Harlequin Ibérica, una división de HarperCollins Ibérica, S.A.
Corazón en libertad, n.º 2480 - 27.7.16
Título original: Seduced into Her Boss's Service
Publicada originalmente por Mills & Boon®, Ltd., Londres.

I.S.B.N.: 978-84-687-8439-7
Depósito legal: M-13656-2016
Impresión en CPI (Barcelona)
Fecha impresion para Argentina: 23.1.17
Distribuidor exclusivo para España: LOGISTA
Distribuidores para México: CODIPLYRSA y Despacho Flores
Distribuidores para Argentina: Interior, DGP, S.A. Alvarado 2118.
Cap. Fed./Buenos Aires y Gran Buenos Aires, VACCARO HNOS.

Capítulo 1

ESTÁ aquí!

Sunny alzó la vista desde la montaña de papeles y libros de referencia tras la que estaba enterrada. El papeleo había que rellenarlo, los libros de referencia eran para consultar si había precedentes en el complejo asunto sobre impuestos en el que estaba trabajando su jefe.

A pesar de que la carga de trabajo no le permitía apenas ir al baño, no había sido capaz de ignorar la emoción que se había apoderado de Marshall, Jones y Jones desde que supieron que Stefano Gunn iba a encargarles algo de trabajo.

O, más bien, a tirárselo, pensó Sunny, como se le tiraba un hueso a un perro. Marshall, Jones y Jones era nuevo en el panorama legal de Londres. Sí, habían tenido algunos encargos importantes, pero seguía siendo un bufete de tamaño medio sin las décadas de experiencia que buscaría un hombre como Stefano Gunn.

Pero les había encargado un trabajo y las especulaciones no cesaban.

A pesar de estar refugiada en el espacio más pequeño y más alejado de todo el edificio y que tenía la cabeza puesta en el trabajo no había podido evitar que le llegaran los rumores.

Había escogido su bufete para que le llevaran el trabajo de una patente debido a Katherine, una de sus socias. La chica le gustaba y por eso había decidido camelársela dándoles un trabajito.

Sunny pensaba que aquello era una completa estupidez. ¿Qué hombre en su sano juicio haría algo así cuando podía hacer una simple llamada y pedir una cita como haría cualquier persona normal? Aunque ella sabía que Stefano Gunn no era como cualquier persona normal. Las personas normales no tenían a la ciudad de Londres en la palma de la mano a la temprana edad de treinta y tantos años.

Aunque ella tampoco pensaba mucho en el asunto. Al fin y al cabo, cualquier trabajo era un buen trabajo para una empresa nueva y el trabajo que les iba a encargar no sería de gran importancia para él, pero a ellos les supondría una importante suma de dinero.

Sunny apoyó la barbilla en la mano y miró a Alice, que compartía el despacho con ella. Era una chica bajita, oronda y charlatana que parecía incapaz de permanecer largo tiempo callada. Y se había tomado como un trabajo personal averiguar todo lo que pudiera sobre el multimillonario.

–¿Y has conseguido ver al gran hombre? –le preguntó Sunny alzando las cejas.

–Bueno...

–Es tan sencillo como decir sí o no.

–No seas aguafiestas, Sunny –Alice arrastró una silla y se colocó frente al escritorio de su compañera–. ¡No me puedo creer que no tengas el más mínimo interés!

–Pues créetelo –pero Sunny sonrió. Alice era todo lo que Sunny siempre había pensado que la echaría para atrás. Hablaba con un acento pijo que siempre le había resultado irritante y ofensivo, se movía con la seguridad de alguien cuya vida siempre había sido fácil y, por si fuera poco, había conseguido el trabajo únicamente porque su padre tenía contactos, según ella misma admitió un día.

Pero, misteriosamente, a Sunny le caía bien, y aunque en ese momento solo quería seguir trabajando, se mostró dispuesta a tomarse un ratito para escucharla.

–No –Alice suspiró e hizo un puchero–. Y ni siquiera he podido pedirle detalles a Ellie porque todo el mundo se está comportando de una forma supercorrecta. Cualquiera diría que le han hecho un trasplante de personalidad. Ella siempre está por la labor de cuchichear...

–Tal vez tenga mucho trabajo –dijo Sunny con amabilidad–. Y considere que las diez y cuarto de la mañana no es un buen momento para ponerse a cotillear sobre un cliente nuevo.

–No es un cliente cualquiera...

–Lo sé. Lo hemos oído todo sobre el maravilloso Stefano Gunn...

–Pero tú no estás en absoluto impresionada, ¿verdad? –preguntó Alice con curiosidad–. ¿Cómo es posible?

–Soy difícil de impresionar –Sunny sonreía, pero por dentro se había puesto tensa.

Se preguntó cuándo se curaría, cuándo sería capaz de enfrentarse a preguntas personales sin paralizarse. ¿Sería capaz de relajarse alguna vez? Alice no estaba indagando, de hecho, no le había preguntado nada que pudiera definirse como «personal», pero Sunny no había podido reprimir el instinto de alejarse.

Sabía que era una estirada. Sabía que el grupo con el que trabajaba, en el que todos tenían su edad, la encontraba amable pero distante. Seguramente, cuchichearían a su espalda. Era como era y sabía por qué era así, pero no podía cambiarlo, aunque en algunas ocasiones, como esa, deseaba poder hacerlo.

Deseó poder apoyarse en Alice, que la miraba como un cachorrito de ojos marrones esperando a que dijera algo.

—Ese tipo de personas no me parecen... bueno... no me impresiona alguien que sea rico o guapo —concluyó señalando la pila de papeles que tenía en el escritorio—. Está muy bien que vaya a dejar que el bufete le lleve algún asunto. Seguro que los socios están encantados... pero en cualquier caso...

—¿A quién le importan los socios? Él va detrás de Katherine, creo que ella estará encantada y no solo por el negocio —Alice sonrió—. Apuesto a que habrá algo más que un capuchino en el despacho... apuesto a que esta noche lo celebrarán de muchas formas cuando no haya ojos espiándoles. Aunque... —deslizó la mirada por el cuerpo de Sunny y sonrió—. Si lo que él va buscando es el físico, tú eres un bellezón aunque no actúes como tal. ¡Y me voy antes de que me prendas fuego por haber dicho eso!

Alice se levantó con brusquedad sin dejar de sonreír, se bajó la minifalda y preguntó si había algún papel que llevar a la tercera planta. ¿No? Bueno, pues entonces se marcharía a trabajar aunque fuera un par de minutos.

Sunny la vio volver a su escritorio, pero ya tenía la mente fuera del trabajo. Como si un hombre como Stefano Gunn fuera a encontrarla atractiva. Ridículo.

Todo el mundo había oído hablar de Stefano Gunn. El hombre era asquerosamente rico y absurdamente guapo. No pasaba un día sin que su nombre apareciera en las páginas de economía del periódico hablando de algún acuerdo que había abultado todavía más su cuenta bancaria.

Sunny nunca leía los periódicos sensacionalistas, pero estaba segura de que si lo hiciera también lo encontraría allí, porque los hombres asquerosamente ricos y absurdamente guapos nunca llevaban vidas de monje.

Llevaban vidas de playboy con muñecas Barbie saltando a su alrededor.

Nada de todo aquello era asunto suyo, pero Alice había abierto sin saberlo la caja de Pandora. Sunny podía sentir todos aquellos pensamientos tóxicos desenrollándose en los oscuros rincones de su mente.

Se quedó mirando la pantalla y parpadeó ante el denso informe que le habían ordenado leer. Lo que vio fue su propia vida reflejada: su patética niñez, la casa de acogida y todo aquel horror, el internado en el que había conseguido una beca y todas aquellas niñas que se tomaban a pecho rechazarla porque no era una de ellas.

La autocompasión amenazó con apoderarse de ella y tuvo que aspirar con fuerza el aire para aclararse la cabeza, para centrarse en todas las cosas positivas que tenía en ese momento en la vida, todas las oportunidades que había aprovechado y que la habían llevado a aquel incipiente bufete en el que podía adquirir experiencia mientras completaba su curso de prácticas como abogada.

Seguía llevando aquellas cicatrices en el alma que todavía le causaban dolor, pero tenía veinticuatro años y ya sabía cómo enfrentarse al dolor cuando amenazaba con salir a la superficie.

Como en ese momento.

El informe volvió a aparecer enfocado y Sunny se perdió en el trabajo. Solo regresó a la superficie cuando sonó el teléfono de la mesa. Línea interna. Miró el reloj y se llevó una sorpresa al comprobar que ya eran las doce y media.

–¡Sunny!

–Hola, Katherine –Sunny dibujó en su mente la imagen de Katherine, una de las socias más jóvenes de un bufete de toda la ciudad. Era alta, delgada, con el pelo castaño y cortado a lo *bob* y unos ojos marrones inteligentes y despiertos. Sus impecables antecedentes le habían garantizado una vida de logros sólidos que había sabido aprovechar al máximo. Pero de vez en cuando se unía a las chicas de la planta de abajo para tomar algo después del trabajo porque, como dijo una vez, no tenía sentido encerrarse en una torre de marfil y fingir que los demás no existían. Y en una de las raras ocasiones en las que Sunny se vio obligada por sus compañeras a ir a tomar algo, Katherine le confesó que lo único que le faltaba en la vida era un marido y unos hijos, algo que no se cansaba de repetir a sus padres que nunca tendría. Pero ellos no la creían.

Katherine era una mujer dedicada por completo a su trabajo y también un modelo para Sunny porque, en su opinión, el trabajo era lo único confiable que había en la vida. Lo único que te podía decepcionar era la gente.

–Sé que es tu hora de comer y siento molestarte, pero tengo que pedirte un pequeño favor... ¿podrías reunirte conmigo en la sala de conferencias?

–¿Está relacionado con los archivos que Phil Dixon me pidió que repasara? Porque me temo que no los he terminado todavía... –había estado trabajando como una esclava, y a diferencia de sus compañeros, ella tenía deudas que pagar y el trabajo que tenía al salir del bufete le dejaba muy poco tiempo libre cuando por fin llegaba al apartamento que compartía con Amy.

–Ah, no, no tiene nada que ver con eso. Reúnete conmigo en la sala de conferencias y por supuesto trae el trabajo que estés haciendo. Y no te preocupes por la comida. Pediré que te traigan lo que te apetezca.

Al salir del despacho notó que hacía frío por el aire acondicionado. En el exterior brillaba el sol, el cielo estaba azul y cuando subió las escaleras que llevaban a la sala de conferencias se fijó en que había muchos despachos vacíos.

El parque St James estaba a solo unos minutos del edificio, y con aquel día de verano tan bonito, ¿quién querría quedarse dentro y comer en el escritorio? No mucha gente.

Llegó a la tercera planta y se dirigió al elegante cuarto de baño para asearse.

La imagen que le devolvió el espejo era tan aseada como siempre. El largo cabello rubio platino que cuando caía suelto formaba una cascada de rizos estaba en esos momentos recogido en un moño en la nuca. La blusa blanca lucía inmaculada, igual que la falda gris a la altura de la rodilla. No había necesidad de examinar los mocasines porque estarían brillantes y sin una mancha.

Era una mujer de negocios y salía cada mañana del apartamento asegurándose de que lo parecía.

Siempre trataba de ocultar su belleza, que nunca le había servido para nada bueno. A veces lamentaba no tener problemas de vista para poder esconder los ojos tras un par de gafas de culo de vaso.

Alice la había llamado «bellezón» y ella se había estremecido con la palabra porque era lo último que quería ser y parecer. Hacía un enorme esfuerzo por evitarlo.

Katherine la estaba esperando en la sala de conferencias, un espacio muy grande impecablemente decorado con colores discretos. Había una enorme mesa de nogal alrededor de la cual se podían sentar veinte personas, una mesita a juego para poner el café, moqueta de color pálido y persianas verticales en los ventanales que llegaban hasta el techo. Nada de colores brillantes, ni cuadros que llamaran la atención, ni plantas frondosas.

Y al lado de Katherine había...

Una niña pequeña sentada con los brazos cruzados y rodeada de un montón de aparatos: iPad, iPhone, tablet...

–Sunny, esta es Flora.

Flora no se molestó en alzar la vista, pero Sunny estaba boquiabierta.

–Seguramente te sorprenda, pero tengo que pedirte que cuides de Flora hasta que haya terminado el asunto con su padre –Katherine se acercó a ella y le dijo al oído–, se suponía que tenía que cuidarla su abuela, pero ha tenido que marcharse y la dejó aquí hace media hora.

–¿Tengo que hacer de niñera? –Sunny estaba abatida. Nunca había sido una chica con instinto maternal. No tenía experiencia hablando con niños y la poca que tenía no le reportaba recuerdos bonitos. Los niños que conoció en la escuela a la que iba de vez en cuando hasta los diez años eran terribles. En aquel entonces también fue víctima de acoso por la mayoría de sus compañeros por su aspecto, pelo rubio y ojos verdes. En esa edad lo más importante era fundirse con los demás y ella destacaba como un elefante en una tienda de porcelana, y tuvo que pagar el precio.

La vida le había enseñado que la ruta más segura era la más invisible, y ser invisible no le había proporcionado un amplio círculo de amigos.

Nunca había sido niñera de nadie. Había crecido muy deprisa. En su vida no hubo espacio para jugar y menos para jugar con otras niñas.

¿Qué diablos se suponía que tenía que hacer con esa?

–No es un bebé, Sunny –la corrigió Katherine con

una sonrisa–. Y no tienes que hacer nada, por eso te he pedido que te trajeras el trabajo. Aquí se está bien, te he reservado la sala para toda la tarde. Yo estaré liada con el señor Gunn hasta más o menos las cinco y media.

–¿Esta es su hija? –Sunny abrió todavía más la boca y Katherine sonrió.

–A menos que nos haya tomado el pelo, sí. Y créeme, no es de los que gastan bromas.

–¡Bueno...! –Katherine se dirigió de nuevo hacia la niña, que finalmente alzó la vista porque no le quedaba más opción. Katherine había hecho las presentaciones y se encaminó a toda prisa hacia la puerta.

Sunny tuvo la sensación de que la otra mujer se sentía tan incómoda con los niños pequeños como ella.

La puerta se cerró y Sunny se acercó a Flora y se la quedó mirando unos segundos sin decir nada.

Era una niña preciosa. Tenía una melena negra que le caía hasta la espalda, y las pestañas tan largas que le rozaban las mejillas. Los ojos que la miraban fijamente eran grandes, de forma almendrada y tan oscuros como la noche.

–Yo tampoco quiero estar aquí –Flora torció el gesto y se cruzó de brazos–. No es culpa mía que nana me haya dejado aquí.

Una niña malhumorada y rebelde era más de lo que Sunny podía soportar, así que dejó escapar un suspiro de alivio.

–¿Has traído todas tus cosas para jugar? –miró la colección de dispositivos y se preguntó cuántos niños de ocho o nueve años iban por ahí con juguetes electrónicos de miles de libras.

–Me aburren –Flora bostezó ostensiblemente sin taparse la boca.

–¿Cuántos años tienes?

–Casi nueve.

–Bien –Sunny sonrió y se dirigió a los informes que se había llevado a la sala de conferencias–. En ese caso, si estás aburrida de tus juguetes, puedes ayudarme con mi trabajo...

Stefano estiró las largas piernas y trató con todas sus fuerzas de contener un bostezo.

Cualquiera de sus empleados podría haberse encargado de aquella situación. De hecho, si no hubiera sido por su madre, la situación no habría tenido lugar nunca.

Contaba con un equipo completamente competente de abogados, y, en cualquier caso, podría haber acudido a cualquiera de los mejores bufetes de Londres.

Pero en ese momento estaba allí por culpa de la instigación de su madre, sentado en las oficinas de una empresa tan nueva que apenas había salido del estado embrionario.

–La hija de Jane trabaja allí. Te acuerdas de mi amiga Jane, ¿verdad?

No, no se acordaba. Con aquellas palabras pronunciadas tres semanas atrás, Stefano había intuido por dónde iba su madre, y la hija de Jane, fuera quien fuera, iba a entrar en escena.

No era la primera vez que Angela Gunn trataba de emparejarle. Desde que su exmujer murió en un accidente de coche en Nueva Zelanda por conducir demasiado deprisa y haber bebido en exceso, su madre se había empeñado en buscarle una mujer adecuada que pudiera proporcionarle, como a ella le gustaba decir, una influencia maternal, estable y productiva a la vida de su hija.

–Las niñas necesitan a su madre –le había repetido

hasta la saciedad–. Flora apenas te conoce y echa de menos a Alicia... por eso le está costando tanto trabajo adaptarse.

Stefano tenía que reconocer que su madre estaba en lo cierto en algo: apenas conocía a su hija, aunque siempre se había contenido para no contarle a su madre la razón.

Su matrimonio con Alicia había sido corto y desastroso. Se conocieron de jóvenes, y lo que debió haber sido una aventura pasajera se convirtió en boda obligada cuando ella se quedó embarazada. ¿A propósito? Era una pregunta que Stefano no le había hecho nunca directamente, pero tampoco había necesidad. Alicia había llegado de Nueva Zelanda para estudiar y decidió quedarse para trabajar de enfermera en uno de los hospitales más grandes de Londres. Stefano la conoció allí cuando se rompió tres costillas jugando al rugby y el resto siempre había pensado que era historia. Sintió deseo por ella, Alicia se hizo la dura y cuando por fin se la llevó a la cama convencido de que estaba tomando la píldora, surgió «el accidente».

–Recuerdo que me dolía un poco el estómago –le dijo ella rodeándole con sus brazos mientras Stefano sentía que la tierra se abría bajo sus pies–. No sé si lo sabes, pero a veces, si tienes un virus estomacal, la píldora no funciona.

Se había casado con ella. Había ido al altar con el mismo entusiasmo con el que un condenado se acercaba al cadalso. No llevaban casados ni cinco minutos cuando se dio cuenta de la inmensidad de su error. Alicia cambió de la noche a la mañana. Teniendo luz verde para gastar más dinero del que podría ganar en toda su vida, se dedicó a gastarlo con un entusiasmo que rozaba el frenesí. Empezó a exigirle a Stefano que pasara más tiempo con ella. Se quejaba continuamente de lo mucho que trabajaba y le pegaba con los puños cuando se retrasaba unos minutos.

Stefano apretaba los dientes y se decía que la culpa era de las hormonas del embarazo, aunque sabía que no era así.

Cuando Flora nació, Alicia se volvió todavía más exigente. Necesitaba atención las veinticuatro horas del día. Su mansión de Londres se convirtió en un campo de batalla y cuantas menos ganas tenía él de volver a casa, más dañina se volvía ella en sus ataques verbales.

Y entonces empezó a buscarse «cosas que hacer porque se aburría y él nunca estaba», como solía decirle.

Stefano descubrió cuáles eran esas «cosas» cuando una tarde regresó pronto a casa y la pilló en la cama con otro hombre. El hecho de que no sintiera ni el menor atisbo de celos fue la indicación más clara de que tenía que divorciarse.

Lo que tendría que haber sido una separación rápida, ya que él se mostró dispuesto a asumir sus excesivas demandas por el bien de su hija, se convirtió en una pesadilla de seis años. Alicia agarró el dinero de la mesa y volvió a Nueva Zelanda, desde donde controlaba con mano férrea los derechos de visita del padre, que resultaban bastante complicados desde el otro lado del mundo.

Stefano había hecho todo lo posible para conseguir una custodia más razonable, pero resultó inútil. Solo su prematura muerte había logrado que pudiera estar con la niña por la que tanto había luchado pero que en realidad solo había visto unas cuantas veces.

En esos momentos tenía a Flora, pero los años le habían devuelto a una hija que no conocía, una hija que estaba resentida con él, malhumorada y poco participativa.

Una hija que llevaba ya casi un año viviendo con él y que, según insistía su madre, necesitaba una figura materna.

Stefano miró a Katherine Kerr, que observaba con el ceño fruncido las cuentas de la empresa que él le había llevado.

—No debe preocuparse por su hija —aseguró entonces con una sonrisa—. La he dejado en las capaces manos de una de nuestras estrellas más brillantes.

Katherine Kerr era inteligente, atractiva y simpática. Su madre estaría deseando que congeniaran, que el siguiente paso fuera que le pidiera una cita para cenar. Pero eso no iba a ocurrir.

—No estoy preocupado por Flora —respondió él arrastrando las palabras—. Lo que me preocupa es no poder acostarla pronto y perderme la cita que tengo a las cinco y media en Savoy Grill.

—Todo parece estar muy claro —Katherine cerró el informe y se reclinó en la silla—. Si está dispuesto a dejarlo en nuestras manos, puedo asegurarle que haremos un excelente trabajo para usted, señor Gunn.

Stefano consultó el reloj y se puso de pie. Si aquella mujer esperaba que las cosas fueran más lejos se iba a llevar una decepción.

—Señorita Kerr, si me dice dónde está mi hija ya no la molestaré más. Doy por hecho que cuenta con toda la información relevante que necesita para proceder con el caso de esta patente, ¿verdad?

Sí, así era. Sí, era un placer hacer negocios con él. Confiaba en que si necesitaba más trabajo legal considerara contar con su bufete.

Stefano salió del despacho y decidió que tendría que

decirle a su madre con cariño que debía dejar de insistir en buscarle esposa. Tendría que aceptar que en lo que a las mujeres se refería le gustaban las cosas como estaban. Chicas guapas, sin exigencias y con ganas de pasarlo bien que iban y venían y le proporcionaban diversión y sexo. Funcionaba.

Se dirigió a la sala de conferencias preparándose para la esperada confrontación con su hija y sintiendo lástima por quien hubiera tenido el dudoso placer de cuidar de ella. Flora tenía un talento especial para la hostilidad, y siempre era hostil con cualquiera que la cuidara.

Llamó con los nudillos a la puerta antes de abrirla y entrar.

Sunny alzó la vista.

Durante unos segundos sintió que se ahogaba, como si le faltara el aire. Sabía qué aspecto tenía Stefano Gunn. O, al menos, eso creía. Había visto fotografías borrosas de él en las páginas de economía del periódico estrechando alguna mano y con expresión satisfecha tras haber cerrado algún acuerdo. Un hombre alto y guapo con raíces escocesas pero con aspecto nada escocés.

Verle en carne y hueso era completamente distinto. No solo era guapo. Era dolorosamente sexy.

Era muy alto, con el cuerpo delgado y musculoso bajo el traje hecho a medida. Llevaba el negro cabello un poco largo y se le rizaba en la nuca, y sus facciones... todo en él exudaba atractivo sexual y Sunny se dio cuenta de que estaba conteniendo el aliento.

Horrorizada ante la idea de que la pillara mirándole embobada, se recompuso al instante y se puso de pie extendiendo la mano de forma automática.

–Señor Gunn, soy Sunny Porter...

Los dedos fríos de Stefano rozaron los suyos y le

provocaron una corriente eléctrica que le recorrió todo el cuerpo.

–Flora –Sunny se giró hacia la niña, que no había levantado la vista y estaba subrayando frenéticamente la fotocopia de papel que Sunny le había dado–. Ha venido tu padre.

–Flora –el tono de su padre era firme–. Tenemos que irnos.

–Prefiero quedarme aquí –dijo la niña con frialdad lanzándole a Stefano una mirada desafiante.

Un silencio absoluto siguió durante unos tensos segundos al comentario. Avergonzada, Sunny se aclaró la garganta y empezó a recoger sus papeles. La presencia de Stefano le resultaba sofocante.

–Parece que ha captado usted el interés de mi hija con... ¿qué está haciendo exactamente?

Sunny alzó la vista a regañadientes. Era alta, medía un metro setenta y cuatro, pero tuvo que echar la cabeza hacia atrás para mirarle a los ojos.

«Es preciosa». Ese fue el pensamiento que surgió en la mente de Stefano al mirarla. No guapa ni atractiva, sino un bellezón, aunque ella hiciera todo lo posible por disimularlo.

Iba vestida con ropa barata y sosa, sin color, pero eso no podía disimular la radiante belleza de su rostro en forma de corazón y de aquellos grandes ojos verdes. Stefano le recorrió la cara con la mirada, fijándose en la nariz pequeña y recta y en la boca de labios sensuales.

Sunny estaba acostumbrada a las miradas de los hombres, pero los ojos oscuros de Stefano no le produjeron irritación. Al contrario, sintió que se le endurecían los pezones con repentina fuerza y una humedad desconocida y aterradora se le extendió entre las piernas.

Su respuesta la confundió y le dio pánico.

Tras haber tenido una infancia inestable y confusa con una madre cuyas prioridades eran los hombres, el alcohol y las drogas, una madre que desaparecía durante días y la dejaba con cualquier vecino, Sunny se jactaba de su dureza y de ser capaz de manejar cualquier situación.

Sobre todo con los hombres.

Había llamado su atención desde que entró en la adolescencia y empezó a desarrollarse. Cuando su madre murió de sobredosis dejando atrás a una hija de once años, fue adoptada por una pareja y Sunny vivía aterrorizada e incómoda por la mirada lasciva de su padre de acogida. Se encerraba con llave todas las noches en su dormitorio, pero aunque la miraba nunca llegó a tocarla.

A los trece años consiguió una beca para un exclusivo internado y allí también fue rechazada por su belleza. Era el bicho raro entre unas niñas que procedían de familias de mucho dinero y que la aislaban porque siempre que aparecían chicos todos babeaban con ella.

Sunny había odiado cada segundo, pero se construyó una coraza que la ayudó a protegerse, a ignorar lo que no podía cambiar.

Los hombres la miraban. Y ella aprendió a no verlos.

Se había dicho a sí misma que el hombre adecuado para ella sería alguien que la quisiera por su cerebro, por lo que tenía que decir, por su personalidad.

Pero, cuando apareció ese hombre en la universidad, el dulce y querido John, que fue amable y caballeroso con ella, Sunny no fue capaz de responder a él físicamente. Aquello había sucedido dos años atrás, pero todavía le dolía pensar en ello.

¿Habría estado buscando el amor bajo aquella dura coraza? ¿Anhelaba que alguien encendiera la chispa del romanticismo con el que había fantaseado en lo más profundo de su corazón? ¿Sería eso lo que la había llevado hasta John, que tenía todas las papeletas para convertirse en candidato para una gran historia de amor? Si ese era el caso, entonces se había equivocado de lleno. No había conseguido una gran historia de amor, sino otra lección que le había cerrado para siempre las puertas a la estúpida creencia de que estaba destinada a encontrar a su alma gemela. John tendría que haber sido esa persona y ella tendría que haber estado deseando que la tocara constantemente. Pero no fue así en absoluto. Sunny llegó a la conclusión a la que tenía que haber llegado mucho tiempo atrás: su pasado la había dejado irremediablemente dañada. Lo aceptó y siguió adelante.

Entonces, ¿por qué en ese momento estaba tan excitada en la presencia de un hombre como Stefano Gunn? ¿Desde cuándo se sentía excitada cuando un hombre la miraba? ¿No había dejado de ser una idiota dos años atrás, cuando John y ella terminaron su relación?

–Flora no quería jugar con sus... caros juguetes –Sunny hizo un esfuerzo por recordar que se trataba de un cliente muy importante y contuvo su instinto natural de mostrarse despectiva–. Así que le di trabajo que hacer y a eso se ha dedicado las tres últimas horas.

–¿Trabajo? –Stefano se la llevó a un aparte mientras Flora seguía subrayando con los rotuladores de colores.

–No es trabajo de verdad –le explicó Sunny apartándose unos centímetros de él en un intento de mantener a raya el desconcertante impacto de su presencia–. Fotocopié unas páginas de mis libros de Derecho, Petersen contra Shaw, y le pedí que las leyera y subrayara las partes que consideraba relevantes para ganar el caso.

–¿Qué?

–Lo siento, señor Gunn –Sunny se puso automáticamente a la defensiva–. Dijo que estaba aburrida de los juegos de sus dispositivos y yo tenía mucho trabajo que hacer...

–No la estoy criticando –aseguró Stefano–. Solo me asombra que haya convencido a Flora de hacer algo así.

Sunny se relajó y miró de reojo su bello rostro. Tenía una voz profunda y aterciopelada.

–Flora puede llevarse el informe si quiere –sintió que se sonrojaba, algo poco habitual en ella–. Es un caso histórico. Nunca le habría dado nada que pudiera contener información comprometida.

–¿Qué va a hacer usted más tarde?

–¿Disculpe? –Sunny le miró consternada.

–Más tarde. ¿Qué va a hacer? –el Savoy Grill tendría que esperar–. Me gustaría agradecerle que haya cuidado de mi hija invitándola a cenar.

–¡No hace falta! –Sunny estaba horrorizada ante la idea de cenar con él. Ante la idea de hacer cualquier cosa con aquel hombre que no fuera decirle adiós y no volver a verle jamás.

Stefano la miró con los ojos entornados, asombrado por su espantado rechazo.

–No... no puedo –Sunny trató de suavizar su rudeza–. Tengo un trabajo que empieza a las seis, así que no puedo.

–¿Un trabajo? –él frunció el ceño–. ¿Qué trabajo?

–Trabajo por las noches en un restaurante... convertirse en abogado cuesta dinero, señor Gunn –le espetó con brusquedad–. También tengo que pagar el alquiler y comprar comida. Lo que gano aquí no cubre todos esos gastos.

–En ese caso, cene conmigo –insistió Stefano con tono dulce–. Tengo una proposición para usted y creo que la encontrará... irresistible.

Capítulo 2

S UNNY apenas tuvo tiempo de llegar a casa, cambiarse rápidamente y dirigirse al restaurante, que estaba a solo cinco minutos de donde vivía y en el que siempre había una ecléctica clientela de turistas y estudiantes porque era barato y al mismo tiempo coqueto.

Había tenido suerte al conseguir aquel trabajo. El sueldo era bueno y los dueños, una pareja joven, generosos.

–Va a ser una noche movidita –le dijo Claire, la dueña, mientras Sunny se ponía el uniforme.

Empezó a servir las mesas con la cabeza puesta en otra cosa. No había dejado de pensar en Stefano desde que se subió al metro al salir del bufete. Pero daba igual, porque no iba a volver a verle nunca más. Había rechazado amablemente su invitación a cenar y no había mostrado ningún interés en la proposición que se suponía que iba a encontrar irresistible.

Tal vez la veía como una posible conquista. Quizá pensó que al ser una de las becarias de la empresa se mostraría encantada de que se hubiera fijado en ella.

Tan sumida estaba en sus pensamientos que, cuando la clientela empezó por fin a marcharse y oyó el sonido de su voz aterciopelada a la espalda, pensó que la cabeza le estaba jugando una mala pasada.

Se dio la vuelta y tuvo que hacer equilibrios para

que no se le cayera la bandeja. Eran más de las diez y Stefano tenía un aspecto tan radiante como a las cinco de la tarde, aunque ya no llevaba puesto el traje, sino unos vaqueros negros y una sudadera ajustada que le marcaba los músculos.

–Así que aquí es donde trabajas

Sunny estaba paralizada.

–¿Qué está haciendo usted aquí, señor Gunn? –en esos momentos no estaba en la oficina y no tenía que mostrar un tono amable para no molestarle–. Lo siento, no puedo pararme a hablar con usted –se dio la vuelta bruscamente y se dirigió hacia la cocina. El corazón le latía con fuerza.

Una vez en la cocina, esperó un poco. Tal vez Stefano captara el mensaje y se fuera. Transcurridos unos minutos, Sunny volvió a salir al comedor, que en ese momento estaba prácticamente vacío.

No había posibilidad de evitarlo ni de ignorarlo. Su presencia era demasiado poderosa. Estaba sentado en una silla con las piernas estiradas y parecía completamente cómodo y relajado.

Sunny exhaló un suspiro de frustración y se acercó a él tomándose su tiempo.

–Me temo que ya hemos cerrado la cocina –le dijo sin contemplaciones–. Ya no servimos cenas.

–Tal vez otro día. Pero en ese caso, supongo que saldrás pronto, ¿no?

–¿Cómo ha sabido dónde trabajo? –Sunny le miró con recelo.

–Siéntate.

Ella se cruzó de brazos y le sostuvo la mirada.

–Ahora no estamos en el bufete, señor Gunn.

–Llámame Stefano, por favor.

Estaba más guapa todavía de como la recordaba, y

eso que no llevaba maquillaje. Había rechazado su invitación a cenar y no había mostrado ningún interés en escuchar lo que él tenía que decirle. Stefano estaba acostumbrado a que las mujeres intentaran atraer su atención. Nunca había conocido a ninguna que intentara huir de su presencia y no sabía cómo tomárselo.

–No sé cómo has conseguido averiguar dónde trabajo.

–No ha sido tan difícil. Katherine me dio tu dirección, fui a tu casa, hablé con tu compañera de piso, me dijo dónde trabajabas y aquí estoy.

Sunny miró a su alrededor y vio que Claire la estaba observando con curiosidad.

–Tengo que terminar de limpiar las mesas –murmuró.

–Te espero y luego te acompaño a casa.

–No necesito escolta –respondió ella con altivez entrando de nuevo en la cocina.

Su hostilidad y su obstinación estaban consiguiendo que insistiera más. Había ido allí a hablar con ella y eso iba a hacer.

Cuando volvió a salir, Stefano se quedó sorprendido, esperaba que hubiera desaparecido por una puerta trasera. Pero allí estaba, vestida con vaqueros y una camiseta y sin la gorra del uniforme. Tenía el pelo largo. Muy largo. Sus rizos reflejaban todas las tonalidades del rubio. Pero el efecto no duró mucho. Mientras avanzaba hacia él, Sunny se recogió la melena en una cola de caballo.

Tenía el cuerpo esbelto de una bailarina y sus movimientos resultaban elegantes. Cuando estuvo cerca de él le miró con sus grandes ojos verdes entornados.

–Quiero saber qué le has dicho a Katherine –dijo Sunny dirigiéndose hacia la salida.

–Le dije que quería hablar contigo de un asunto personal –respondió él abriéndole la puerta de la calle–. Fue muy amable y me dio tu dirección.

–¿Cómo te atreves? –Sunny se dio la vuelta, puso los brazos en jarras y le miró echando chispas–. ¿Tienes idea de lo importante que es ese trabajo para mí?

Por su cabeza pasaron todo tipo de escenarios, a cada cual peor. Stefano había puesto a la pobre Katherine en una situación difícil. Era un cliente importante y no le quedó más remedio que hacer lo que le decía, pero por la mañana seguro que llamaría a Sunny a su despacho... le diría que no estaba permitido confraternizar con los clientes... tal vez incluso la despediría. Perdería su trabajo y todo lo que tenía sentido en su vida.

Y todo por culpa de aquel hombre.

–No quiero tener nada que ver contigo, ¿cómo te atreves a decirle a mi jefa que quieres mi dirección? –se le llenaron los ojos de lágrimas de rabia y frustración–. No pienso acostarme contigo, y no quiero que me acoses. No me importa lo rico y poderoso que seas ni el trabajo que le des al bufete. ¡Yo no formo parte de la oferta que te hayan hecho!

Stefano estaba ofendido. No se podía creer que le considerara tan desesperado y estúpido como para intentar algo con ella.

–¿No crees que te estás precipitando un poco? –le preguntó con frialdad.

Eso la desconcertó y se lo quedó mirando unos minutos con expresión confundida.

–En cualquier caso, espero haber hablado claro –murmuró ella apartando los ojos de Stefano y dirigiéndose a buen paso a su apartamento.

Stefano la siguió.

El apartamento que compartía con Amy era barato,

pero estaba situado en una buena zona de la ciudad. A pocas manzanas había tiendas y restaurantes acogedores que rodeaban la calle.

Sunny se detuvo frente a la puerta el edificio victoriano en el que estaba su apartamento.

–Así que te agradecería que me dejaras tranquila. Y, por favor, no hables de mí con mi jefa. Podrías poner en peligro mi posición en la empresa.

–Como te he dicho antes, te estás precipitando. Creo que me confundes con un perdedor empeñado en perseguir a mujeres que le rechazan y que no acepta un «no» por respuesta.

Sunny se quedó mirándole fijamente en silencio y empezó a caer en la cuenta de que había malinterpretado la situación.

Sintió una oleada de humillación.

–Dijiste que tenías una proposición para mí –le espetó. Estaba tan agobiada que apenas fue consciente que de Stefano le quitaba la llave de la mano, abría la puerta y la invitaba a pasar.

No debería entrar con ella. Amy no estaba en casa. No volvería hasta el lunes, y Sunny no quería quedarse a solas con él en el apartamento.

Pero Stefano no estaba interesado en ella. De hecho, ¿por qué diablos iba a estarlo si podía tener a la mujer que quisiera con solo chasquear los dedos? Estaba tan avergonzada por haber pensado lo que no era que deseó que se la tragara la tierra.

Subieron por las escaleras y Stefano abrió la puerta con la llave.

Era un apartamento muy pequeño de dos habitaciones con una decoración dejada y muebles viejos, pero a ellas les funcionaba. Se llevaban muy bien porque Amy trabajaba casi siempre de noche y apenas se veían.

Stefano miró a su alrededor y fue consciente de que nunca había estado en un lugar así con anterioridad. Sabía que tenía una vida privilegiada. El único hijo de un rico terrateniente escocés y de una madre italiana que también heredó una importante suma de dinero cuando sus padres murieron. Allí, en medio de aquella vulgaridad, Sunny era como una orquídea en un campo de malas hierbas. Casi pudo entender por qué había malinterpretado sus intenciones.

–A mi hija le caes bien –dijo sin más preámbulos.

–¿En serio? No entiendo por qué. Le di trabajo que hacer, y supongo que no muchos niños de ocho años agradecen eso –pero Sunny sintió una extraña oleada de placer al oír aquellas palabras.

Stefano retiró una de las sillas del minúsculo comedor y se acomodó en ella.

–Tuve que llevar a Flora conmigo porque se las arregló para echar a la última niñera y mi madre tuvo que marcharse repentinamente a Escocia –Stefano suspiró y se pasó la mano por el pelo.

–No sé qué tiene que ver todo esto conmigo –Sunny se apoyó en el borde de una silla y le miró fijamente.

–Mi madre estará en Escocia hasta el próximo mes. Tengo una niñera que puede ocuparse de Flora durante el día porque está de vacaciones, pero ni ella ni ninguna está dispuesta a quedarse día y noche. Yo estaré ocupado con unos acuerdos muy importantes durante las próximas dos semanas y mi propuesta es que trabajes para mí de cinco a diez de la noche de lunes a viernes.

–Lo siento, pero eso es imposible –respondió ella con sequedad–. Por si no te has dado cuenta, tengo un trabajo después del bufete, me gusta y no quiero perderlo.

Stefano ladeó la cabeza y siguió mirándola.

–Pero todavía no conoces las condiciones –murmuró–. A menos, por supuesto, que tengas novio... alguien que no quiera que pases tiempo fuera del apartamento cuando no estás trabajando.

Sunny soltó una breve carcajada.

–Yo no permitiría que ningún hombre me dijera lo que puedo o no puedo hacer –afirmó–. Con esto quiero decir que soy independiente, aunque eso no es asunto tuyo.

–Estoy seguro de que te pueden dar un permiso de dos semanas en el restaurante. No veo el problema por ninguna parte. Yo personalmente te buscaré una sustituta y pagaré su sueldo de mi bolsillo. En cuanto a lo que ganas allí...

Stefano hizo una pausa para que Sunny especulara mentalmente.

–Lo multiplicaré por cuatro –se reclinó hacia atrás y la miró con los ojos entornados–. Quiero que trabajes para mí y estoy dispuesto a pagarte mucho más de lo que ganas en el restaurante.

–No lo entiendo –Sunny estaba asombrada–. ¿Por qué no lo dejas estar y contratas a alguien de una agencia?

–El promedio de Flora es una niñera cada quince días, y, durante ese tiempo, las niñeras me bombardean con quejas. No necesito eso. Tú le has caído bien y estoy dispuesto a arriesgarme.

–No tengo experiencia cuidando niños –Sunny apartó la vista–. ¿No tienes una... compañera? ¿Una novia, alguien que pueda echarte una mano?

Sunny no sabía de dónde había surgido el rumor de que estaba interesado en Katherine. Tal vez fuera un rumor falso.

–Vaya, vaya, Sunny. ¿Qué te hace pensar que tienes

derecho a hacer preguntas cuando tú eres infranqueable? –Stefano observó que se avergonzaba un poco–.
No hay ninguna mujer que pueda echarme una mano.

–¿Y qué hay de la madre de Flora? –a Sunny le parecía una pregunta obvia y cuando Stefano la miró con
frialdad le pareció que la palabra «infranqueable» cobraba con él una nueva dimensión.

–La madre de Flora murió hace varios meses –respondió él abruptamente–. Dime, ¿estás dispuesta a aceptar el trabajo o no? Te he hecho una oferta, y creo que
el dinero te vendría bien. Puedes llevarte trabajo a mi
casa, un lujo que en el restaurante no puedes tener.

–No sé si sería ético por mi parte trabajar para un
cliente.

–En ese caso, retiraré el sustancioso encargo que le
he hecho a tu bufete. ¿Qué te parece?

–No lo harás –Sunny estaba asombrada ante la amenaza, porque en ese caso la situación sería mucho peor
de lo que había imaginado cuando Stefano le dijo que
había hablado con Katherine.

–Sí lo haré. Te sorprendería ver los extremos a los
que soy capaz de llegar para conseguir lo que quiero.

Stefano pensó en el pequeño pero perceptible cambio que había observado en su hija en el camino de re-
greso a casa. Aunque solo fuera por eso, valía la pena
estar allí en ese momento. No se podía creer que Sunny
estuviera poniendo tantas pegas a un trabajo de niñera
bien pagado y de duración limitada.

–Y para tu información, ya he aclarado las cosas con
Katherine. Le he explicado la situación y está encantada de que me eches una mano.

–¿En serio? ¿No se presentó voluntaria ella misma
para el trabajo?

–¿Por qué iba a hacer algo así?

–Por nada –molesta consigo misma por estar dando pasos en falso, Sunny clavó la vista en sus zapatillas deportivas–. ¿Y si no funciona?

–Yo prefiero pensar en positivo. Como te he dicho, a Flora no le suele caer bien la gente, pero tú le caes bien. Eso es suficiente para mí. Así que dime, ¿sí o no? Empezarías el lunes. Mi chófer te recogerá en el trabajo y luego te llevará a tu casa. La cena está incluida y puedes hacer con Flora lo que quieras, aunque está acostumbrada a acostarse a las ocho. Te abriré una cuenta por si quieres llevarla a algún lado. Úsala con libertad.

Era una fantástica oportunidad para ahorrar dinero. Sunny lo sabía. Incluso podría comprarse algo de ropa nueva para el trabajo. Entonces, ¿por qué seguía dudando? Era absurdo.

–De acuerdo –accedió–. Lo haré. Acepto el trabajo.

Capítulo 3

L A CASA de Stefano, situada a las afueras de Londres, era un lugar de ensueño.
Resultaba ridículamente grande para un hombre y una niña pequeña. Tenía seis habitaciones, cinco baños, incontables salitas y una cocina inmensa en la que cabía una mesa para diez personas. Se abría a un jardín perfectamente cuidado en medio del cual había una magnífica piscina.

Era el paraíso para una niña de ocho años, y Sunny se preguntó si la piscina se usaría durante el día. El tiempo desde luego había sido cálido.

La vida de Flora no podía ser sin duda más distinta a la que ella había tenido. Sunny se preguntó cómo habría sido tener de niña semejante nivel de opulencia.

Se habría sentido aterrorizada.

En esos momentos, siendo adulta, podía ver las múltiples ventajas materiales, pero también estaba empezando a ver los inconvenientes. Tras cuatro días haciendo de niñera empezaba a notar ciertas cosas sin necesidad de que Flora las verbalizara.

Rodeada de todo aquel lujo, la niña era infeliz y estaba confusa. Su madre había muerto y la habían llevado al otro lado del mundo, a una vida que no conocía y a un padre con el que parecía estar resentida.

—Odio estar aquí —le confesó una noche cuando

Sunny iba a apagarle la luz del dormitorio antes de salir–. Quiero volver a Nueva Zelanda.

–Lo entiendo –Sunny se sentó en la cama. No tenía un manual sobre cómo conectar con una niña y no era de las que daban consejos. Tuvo que crecer muy deprisa y tenía la convicción de que los niños podían aceptar la sinceridad mucho mejor que los adultos–. A veces las circunstancias cambian, y cuando eso ocurre tienes que dejarte llevar porque no puedes hacer que las cosas vuelvan a ser como antes. Esa es la verdad.

Había descubierto que Flora era tan madura como ella a su edad, aunque no por las mismas razones. La niña le caía bien y sabía que era mutuo, aunque no podía entender por qué. Nunca hacía nada que una niña de ocho años pudiera encontrar divertido, como ir al parque de atracciones o comprar juguetes nuevos.

Veían juntas la televisión, el canal de *National Geographic*, que a las dos les gustaba. Jugaban al Scrabble de igual a igual, y la noche anterior habían intentado hornear pan. El resultado fue un fracaso.

–Yo no cocinaba mucho cuando era niña –dijo Sunny con sinceridad–. Y no creo que se me dé bien. Vamos a tener que tirar el pan. O colgarlo por si alguna vez necesitamos un arma letal.

Flora se rio mucho con aquella ocurrencia.

Entre las ocho y las diez, Sunny trabajaba y, cuando llegaba Stefano, su chófer la llevaba a casa.

La presencia de Stefano llenaba la casa. Cuando entraba, Sunny se daba cuenta de que había estado preparándose para el breve encuentro. Intercambiaban un par de frases y luego el chófer la llevaba a su apartamento. Una vez allí, solo pensaba en él. Trató de luchar contra aquellos pensamientos, y al ver que no lo conseguía se dijo que era normal que lo tuviera en la cabeza porque ahora trabajaba para él. En caso contrario lo habría olvidado al instante por mucho impacto que le hubiera causado.

En ese momento, con Flora acostada, Sunny se preparó para sus dos horas de trabajo, una auténtica bendición porque era un lujo que no podía permitirse cuando trabajaba en el restaurante.

Tras haber inspeccionado todas las estancias de la planta baja, escogió la salita más pequeña y acogedora como despacho. Daba a los jardines de atrás y le gustaba alzar la vista y recorrer con la mirada el césped cortado, los árboles que se agitaban y, a lo lejos, los campos abiertos con los que comunicaba la casa. Se sentía como si estuviera de vacaciones.

Sentada con las piernas cruzadas y la melena despeinada sobre un hombro, no se percató de la presencia de Stefano en el umbral hasta que él habló. Ella contuvo un grito de sorpresa y ajustó la mirada a aquella impresionante visión.

Cuando sabía que iba a venir tenía tiempo para prepararse para el impacto físico que todavía provocaba en ella. Sin tiempo de preparación, solo podía quedarse mirándolo con la boca seca y el corazón acelerado.

Stefano se estaba quitando la corbata y desabrochándose los últimos botones de la camisa blanca.

–¿Qué estás haciendo aquí? –le espetó ella recogiendo los papeles y cerrando el ordenador.

–Vivo aquí. No tienes que darte tanta prisa, Sunny. He venido un poco antes para que podamos hablar.

–¿Hablar? ¿De qué?

Stefano contuvo un destello de irritación. Sunny seguía evitando a toda costa querer estar con él. Se cruzaban cuando él volvía del trabajo y ella siempre estaba recogiendo ya todo y con la chaqueta puesta.

Intercambiaban unas cuantas frases mientras Sunny se dirigía a la puerta. Lo que estuviera haciendo con Flora lo estaba haciendo bien, porque su hija de pronto parecía mostrar más interés en él en lugar de sentarse a la mesa del desayuno con el móvil.

–No he cenado –dijo fijándose en su melena rubia, que por una vez no estaba recogida, probablemente porque no esperaba que él llegara a casa a las ocho y media–. ¿Por qué no te tomas algo conmigo en la cocina?

–Por supuesto –respondió Sunny con sumisión. Miró de reojo cómo se remangaba la camisa y dejaba al descubierto unos antebrazos musculosos cubiertos de fino vello. Todo en él resultaba intensamente masculino y el cuerpo de Sunny reaccionaba de modo desconcertante.

Stefano se dirigió a la cocina y ella le siguió, llevándose su bolso y su trabajo para poder marcharse en cuanto terminaran de hablar.

–¿Quieres una copa? –Stefano sacó una botella de vino blanco del botellero.

–No, gracias.

–Relájate, Sunny. Una copa no te va a hacer ningún mal –sin dar tiempo a un segundo rechazo, sirvió dos copas, le pasó una a ella y reunió los ingredientes para hacerse un sándwich–. ¿Qué tal vas con este trabajo?

–Muy bien –dijo ella incómoda.

Stefano se giró y la miró con el ceño fruncido.

–¿Esa va a ser toda tu contribución a esta conversación? –le preguntó con frialdad–. ¿Respuestas monosilábicas? Flora habla de ti.

–¿En serio? –Sunny se manoseó el pelo y trató de recordar que aquella era una conversación de trabajo perfectamente normal, que lo lógico era que a Stefano le interesara lo que hacía con su hija. Pero estaba muy nerviosa y sabía que era por él.

–Cuéntame qué hacéis juntas –Stefano arrastró una silla, se sentó y empezó a prepararse el sándwich.

–Bueno, lo normal –sus miradas se encontraron y ella se sonrojó. Si seguía mostrándose esquiva, Stefano terminaría preguntándole qué le pasaba, y no quería llegar a eso–. Nada orientado a los niños, me temo, aunque ayer intentamos hornear pan después de la cena.

–Un fracaso. Me lo han contado.

–Esas cosas no se me dan muy bien –murmuró Sunny.

–¿No tuviste muchas sesiones madre-hija en la cocina?

–No. En absoluto –Sunny sintió que se le quebraba la voz y bajó la mirada–. Mi madre murió cuando yo era una niña.

Una chica con secretos. ¿Estaba interesado en descubrir aquellos secretos? Sunny estaba allí para trabajar, y lo estaba haciendo muy bien. Luego se marcharía...

Su curiosidad le resultaba inquietante porque nunca había sentido ninguna por las mujeres con las que salía. Había pasado por una relación desastrosa y ahora se aseguraba de que sus encuentros con el sexo opuesto fueran ligeros y superficiales. Y aquella curiosidad no era ni ligera ni superficial.

Pero era algo que Sunny despertaba en él por alguna razón que no entendía.

–Creo que Flora está sola y es infeliz –dijo ella con más precipitación de la que pretendía, porque no quería que Stefano se pusiera a indagar en su pasado–. Quiero decir... la han arrancado de todo lo que conocía y tengo la impresión de que todavía no se ha adaptado. No ha mencionado el colegio ni una vez, y eso es significativo.

Stefano apartó el plato a un lado y se reclinó en la silla con los brazos entrecruzados por detrás de la cabeza.

–¿En serio? –preguntó arrastrando las palabras.

–Solo es una niña, y ha tenido que enfrentarse a cambios muy duros. Espero que no te importe que sea tan sincera –dijo Sunny con voz seca–. Pero supongo que no ayuda el que tú trabajes tantas horas y no estés con ella.

Stefano se puso tenso ante la crítica implícita de su tono, aunque sabía que solo estaba constatando un hecho.

–Me resulta imposible tener un horario de nueve a cinco.

Sunny se encogió de hombros.

–No es asunto mío.

–No empieces conversaciones que no quieras terminar –le espetó Stefano–. Soy un chico grande. Puedo aguantar lo que tengas que decirme.

Sunny alzó los ojos para mirarle y sintió que se le sonrojaba el rostro.

–No estoy aquí para dar mi opinión sobre cómo crías a tu hija. Estoy aquí para cuidar de ella. Necesito el dinero. Seguro que ninguna de tus niñeras te ha dicho lo que realmente piensa porque están aquí solo para trabajar, igual que yo.

–No me dicen lo que piensan porque les doy miedo –aseguró Stefano–. No les gusta estar cerca de mí. Pero a ti no te doy miedo. Al menos, esa es la impresión que tengo, ¿me equivoco?

Sunny no sabía cómo habían desembocado en aquella conversación tan personal. O tal vez el hecho de que estuvieran los dos solos en la cocina lo hacía más personal de lo que en realidad era.

–¿Y bien? –insistió él–. ¿Me equivoco o no?

–Intento no tener miedo a nadie –se vio obligada a responder–. Me gusta pensar: «¿Qué es lo peor que puede pasar?». Podrías echarme del trabajo, pero tampoco pasaría nada. Estaría encantada de volver al restaurante.

–Demasiadas horas –murmuró Stefano cambiando repentinamente de tema–. ¿Cuándo te relajas? ¿Tienes una vida social muy plena los fines de semana?

–Estoy demasiado ocupada labrándome un futuro profesional como para tener vida social –le soltó Sunny.

–¿Cuántos años tienes?

–Veinticuatro, pero no sé qué tiene que ver mi edad con todo esto.

–Katherine me dijo que eres una de las empleadas más dedicadas del bufete. Estás allí a las ocho cada mañana, a veces antes, y si tienes que irte sin demora para ir al restaurante nunca afecta a la calidad de tu trabajo, que siempre es impecable. Lo que me hace pensar que trabajas también los fines de semana...

Sunny estaba dividida entre la satisfacción de que se notara lo duro que trabajaba y el asombro de haber sido tema de conversación.

–Hay que trabajar duro para conseguir lo que quieres –murmuró sonrojándose.

–¿Hasta el extremo de dedicarle todas las horas que estás despierta?

–Eso mismo haces tú –arremetió Sunny a la defensiva–. Lo siento. No tendría que haber dicho eso.

–Lo creas o no, el trabajo no consume todas mis horas –aseguró él con voz pausada–. También me gusta jugar...

Sunny se lo quedó mirando fijamente. Tenía una voz tan sexy... y le pareció que los ojos de Stefano atravesaban sus defensas, viendo a través de ella partes tiernas y vulnerables que llevaba años tratando de proteger.

–Tengo... tengo... –Sunny se aclaró la garganta–. Tengo pensado hacer los exámenes de posgrado y luego... luego tendré tiempo de sobra para salir y divertirme.

¿Cuándo se había divertido de verdad?

Era algo en lo que nunca había pensado realmente. Su historial de inseguridad y desarraigo había creado en ella una necesidad de solidez. Había aprendido desde muy joven a desconfiar de la atracción que despertaba en los hombres, así que para ella la diversión no consistía en salir con chicos y coquetear.

Pasarlo bien no tenía nada que ver en su caso con lo que les interesaba a las chicas de su edad.

De pronto la vida que llevaba, la vida que había luchado tanto por conseguir, le pareció vacía.

Stefano había estado observando la expresión de su rostro. En él había una luminosidad y una inocencia que no casaban con su rudo exterior.

Deslizó la mirada hacia la juntura de sus senos bajo la camiseta. Senos pequeños y firmes. Stefano contuvo el aliento ante la inesperada imagen de Sunny en su cama con la rubia melena desperdigada sobre la almohada y desnuda...

Tuvo una erección tan repentina como dolorosa, y ahora que su imaginación había echado a volar lo hacía sin restricciones.

¿Cómo sería sentir aquella delicada lengua deslizándose por su erección? ¿A qué sabría Sunny? Se la imaginó retorciéndose bajo su exploradora boca y bajo sus manos, gimiendo y rogándole que la hiciera suya.

Era demasiado joven para tener tanto control sobre sí misma, y Stefano quería atravesar aquel control y ver qué había debajo...

Diablos, ¿dónde iban sus pensamientos? Aunque solo fuera por eso, no estaba dispuesto a poner en peligro los frágiles destellos de relación que estaba intentando establecer con Flora ligándose a su niñera.

Se revolvió incómodo y trató de calmar el dolor de su erección, molesto consigo mismo por haber perdido el control de aquella forma.

—Hay otra cosa de la que quiero hablar contigo —tuvo que apartar la mirada de su rostro para recuperar la compostura—. Tengo un desayuno de trabajo el sábado, pasado mañana, y quería preguntarte si puedes venir a cubrirme aquí. Por supuesto, te pagaré generosamente.

Sunny se pasó la mano por el pelo y frunció el ceño como si estuviera resolviendo un complicado problema matemático.

—Puedes traerte trabajo —le recordó él—. Aunque tal vez quieras hacer algo más divertido. A no ser que tengas planes para el fin de semana, claro.

A Sunny le hubiera encantado decirle que sí. De hecho, tenía pensado estudiar un poco y acostarse pronto.

—¿Y qué hay de la mujer que se queda con Flora durante el día? —le preguntó.

Stefano sacudió la cabeza.

—Lleva con Flora dos semanas y hasta el momento no ha salido corriendo colina abajo. No quiero poner a prueba su paciencia pidiéndole algo que vaya más allá de su obligación.

Una sonrisa asomó a los labios de Sunny. Stefano no solo era increíblemente atractivo, sino que al añadir un sentido del humor irónico a la mezcla el resultado se volvía explosivo.

—¿Por qué has tenido tantas niñeras? —le sorprendía, porque Flora no le parecía en absoluto una niña difícil.

—Mi hija no quería tener niñera, así que procuraba

librarse de todas ellas –resumió Stefano. Se había puesto de pie para servir dos copas de vino–. Di por hecho que alguien joven y entusiasta sería la mejor opción, pero me equivoqué. Todas ellas encontraron frustrante su obstinada negativa a comunicarse.

–Yo no intento obligarla a que se divierta –musitó Sunny pensativa.

–Edith, la mujer que viene a ayudar durante el día, tiene sesenta y tres años, aunque ya ha comentado que no le gusta el modo en que Flora le habla. Dice que es condescendiente.

Sunny se preguntó si esa arrogancia no sería una respuesta a la propia condescendencia de la niñera, y le sorprendió ver que estaba excusando a la niña y tomando partido por ella frente a una mujer a la que ni siquiera conocía.

–De acuerdo, está bien –Sunny se levantó y sintió que las dos copas de vino se le subían a la cabeza–. ¿A qué hora quieres que esté aquí el sábado?

–Mi chófer te recogerá a las diez y necesito que estés aquí todo el día. No llegaré a casa hasta las nueve de la noche. Y no olvides que tienes una tarjeta de crédito. Aprovéchala.

Estaban ya en la puerta de entrada. Cuando Sunny alzó la vista sintió que le daba un vuelco el corazón porque estaban muy cerca el uno del otro.

Durante un segundo, en lugar de querer dar un paso atrás, Sunny deseó acercarse, ponerle la palma de la mano en el pecho y sentir la dureza de sus músculos bajo los dedos.

–Tal vez lo haga –dijo con sequedad antes de darse la vuelta para abrir la puerta–. No hace falta que Eric me lleve a casa. Puedo caminar hasta la estación, es un paseo de media hora y el ejercicio me vendrá bien.

–Ni hablar –murmuró Stefano sin apartar los ojos de su rostro, aunque ya estaba llamando por el móvil a su chófer para que se acercara a la puerta.

Sunny sintió que empezaba a sudar y se llevó las manos a la espalda, agarrándose al ordenador portátil como si le fuera la vida en ello.

Aquello era lo que se sentía al estar excitada y era la primera vez que le sucedía en su vida. John no la había excitado. Le gustaba, tal vez incluso le había querido como se quería a un amigo, pero esa abrumadora indefensión física había estado completamente ausente.

No entendía por qué había escogido aquel momento para hacer su aparición, pero sí sabía que era algo completamente inapropiado y que había que cortar de raíz a toda costa.

Sunny no tenía ni idea de qué iba a hacer con Flora el sábado, pero el día amaneció con la promesa de calor.

Ella había vivido siempre en Londres, así que salir de la ciudad para ir a la impresionante mansión de Stefano en Berkshire siempre era como una escapada, y más ese día al ser fin de semana.

Preparó una pequeña bolsa de viaje y pensó que si hacía mucho calor podría incluso meter los pies en la piscina.

Le había preguntado a Flora si sabía nadar y la niña le contestó que sí.

–Aprendí cuando tenía dos años –le dijo con orgullo–. En Nueva Zelanda teníamos una piscina en casa y Annie me llevaba dos veces a la semana a clase para poder entrenar con otras niñas. Siempre ganaba las competiciones.

–Apuesto a que tu madre estaba muy orgullosa de ti –le había dicho Sunny.

–Le gustaba mucho salir –contestó Flora encogiéndose de hombros–. A fiestas y cosas así. Le gustaba arreglarse.

Sunny pensó entonces que la niña había estado sola en los dos lados del mundo a pesar de todo su dinero.

Eric llegó a recogerla a las diez, puntual como siempre, y Sunny suspiró feliz ante la idea de pasar el día fuera haciendo algo que no fuera trabajar o limpiar la casa. Además, Amy estaba encantada con la idea de tener el apartamento para ella sola todo el día. Tenía pensado invitar a su novio.

Sunny se relajaría y se divertiría porque solo le quedaba una semana de trabajo. Iba a echar de menos a Flora.

A su manera, la niña era tan frágil como ella a su edad y Sunny sintió una punzada de dolor ante la idea de despedirse de ella y dejarla en manos de otra niñera.

Ya hacía mucho calor cuando el chófer se detuvo en la entrada de la mansión. Sunny esperaba encontrar a Stefano allí, pero fue recibida por la empleada doméstica, que, al parecer, iba a limpiar los fines de semana.

–Podemos hacer algo divertido –le sugirió a Flora–. Podríamos ir al zoo... o al parque... tal vez al cine... o algo...

–No me gustan los zoos –afirmó la niña–. Podríamos quedarnos aquí y nadar.

–Yo tendré que quedarme donde haga pie. La verdad es que... no sé nadar.

–¡Yo te enseñaré!

Fueron a un picnic a un parque cercano en el que había un enorme lago y mucha gente disfrutando con sus hijos y sus perros. Sobre las dos de la tarde, Eric fue a recogerlas y, poco después, Sunny se puso el discreto bikini negro que había llevado.

Siempre había querido aprender a nadar, pero nunca encontró tiempo para ir a clases. Pero, en ese momento, aquella brillante piscina turquesa situada en el campo le resultaba irresistible.

Se quedó donde hacía pie y vio a una Flora diferente ir de un lado a otro buceando y nadando como un pez.

Le dio unas instrucciones muy útiles, y, poco a poco, Sunny empezó a relajarse y a disfrutar de la sensación de estar en el agua. Era una piscina muy grande y empezó a alejarse poco a poco de la zona segura.

Pero ¿cómo iba a imaginarse que Stefano no cumpliría su promesa y llegaría antes de las nueve? En otras palabras, ¿cómo iba a pensar que mientras estaba a mitad de la piscina, chapoteando de un lado a otro, alzaría la vista y le vería allí mismo observándola?

Entró en pánico, tragó agua y le entró más miedo todavía, así que empezó a hundirse.

Flora fue la primera en bucear bajo el agua y agarrarla de las axilas. Stefano no estaba muy lejos de su hija, y un instante después unos brazos más fuertes sostuvieron a Sunny con firmeza por las costillas y la llevaron a un extremo de la piscina, y desde allí la sacaron del agua.

Sunny abrió los ojos y vio que Flora le ofrecía una toalla. Se sentía humillada, apenas era capaz de mirar a Stefano, y cuando se atrevió a hacerlo se dio cuenta de que estaba inclinado sobre ella observándola con expresión preocupada.

–Tenemos que llevarte arriba –le había quitado la toalla a Flora y había incorporado un poco a Sunny para poder envolverla con ella.

–No –suplicó Sunny. Temblaba mucho a pesar de intentar no hacerlo.

–Flora –Stefano se giró hacia su hija–. ¿Te importaría llenarle la bañera a Sunny? Y asegúrate de que haya una toalla seca en el baño. Otra cosa... serás una gran socorrista cuando crezcas un poco.

Sonrió y sintió algo que nunca había experimentado antes, un gran placer y un reconfortante calor cuando su hija le devolvió la sonrisa.

–Ponte ropa seca antes de llenar la bañera –le pidió–. Y luego espéranos en el salón. Después de esto tenemos que hacer algo un poco especial...

–De acuerdo. Porque seguramente va a estar muy nerviosa.

Stefano se volvió hacia Sunny cuando Flora desapareció dentro de la casa.

–En cuanto a ti –murmuró–. No quiero que digas ni pío. Has sufrido un shock. Relájate y deja que tu respiración vuelva a la normalidad.

«¿Relajarse?» ¿Con el cuerpo prácticamente desnudo pegado al de Stefano, con la cabeza apoyada en su pecho de modo que podía escuchar el latido de su corazón?

Después de aquello, no podía quedarse allí bajo ningún concepto...

SUNNY no había explorado aquella parte de la casa. Sabía dónde estaba el dormitorio de Flora porque la acostaba ella, pero todas las demás habitaciones estaban cerradas y nunca había entrado a husmear.

Así que no tenía ni idea de dónde la llevaban. Oyó el sonido del agua llenando una bañera y cuando abrió los ojos supo al instante que estaba en la habitación de Stefano. Era muy grande, con una cama enorme de madera oscura que dominaba una parte de la pared. Todo en el dormitorio resultaba abrumadoramente masculino, desde el mobiliario hasta las pulidas líneas del vestidor y las cortinas de terciopelo de color borgoña que estaban descorridas para permitir contemplar la espectacular vista de los campos.

Stefano abrió la puerta del baño adyacente al dormitorio y depositó suavemente a Sunny en la silla que había al lado de la ventana.

Entonces empezó a desabrocharse los botones de la camisa y Sunny dio un respingo, horrorizada.

–¿Qué estás haciendo? –gimió.

Stefano le dirigió una mirada cortante.

–Me estoy quitando la ropa mojada para evitar una pulmonía. ¿Dónde está tu ropa seca?

–Me cambié en el baño de abajo. Está... está en mi bolsa. Por favor, todo esto no es necesario.

Stefano no contestó. Siguió quitándose la ropa mientras salía del baño. Sunny le escuchó pedirle a gritos a Flora que subiera la bolsa. Cuando volvió se había cambiado y la bañera estaba llena con muchas burbujas. Sunny no se atrevía a mirar.

–Seguramente estás en estado de shock –Stefano probó el agua con una mano. En aquel momento apareció Flora con la bolsa.

–Le estaba enseñando a Sunny a nadar –dijo.

Stefano frunció el ceño.

–¿No sabe nadar?

–No. Pero estaba aprendiendo muy rápido hasta que...

–Ya. Bueno. Si no os importa, me gustaría meterme en la bañera.

Se le estaba secando el bikini y se sentía muy expuesta, tenía los pezones tirantes por el frío y erectos como balas. Cuando bajó la vista se vio el escote, el vientre desnudo y las piernas. Tenía ganas de echarse a llorar, pero se quedó mirando al suelo y sintió un gran alivio cuando los dos salieron del baño y cerraron la puerta tras ellos.

Sunny se metió en la bañera. Fue una bendición, porque tenía más frío del que había pensado. Cerró los ojos y dejó que el agua caliente le resbalara por la piel.

¿Qué le estaba sucediendo? Había sido un gran impacto descubrir que podía encontrar a un hombre tan atractivo. Pero Stefano Gunn estaba fuera de su alcance. ¿Sería esa la razón por la que le gustaba tanto, porque no había peligro de que se interesara por ella?

¿Sería como uno de aquellos enamoramientos de colegiala por las inalcanzables estrellas del pop, algo inofensivo y pasajero?

Tras disfrutar del baño, abrió la puerta y allí estaba Stefano, tumbado en la cama con unos vaqueros desteñidos, una camiseta vieja y el ordenador en el vientre. Lo cerró y se incorporó.

–Estaba pensando en tirar la puerta abajo para asegurarme de que no te habías ahogado.

Pillada con el pie cambiado, lo único que pudo hacer Sunny fue quedarse mirando. Stefano era elegante sin esfuerzo. Los vaqueros se le ajustaban de forma increíble al cuerpo y la camiseta le marcaba los músculos de los brazos. Y estaba descalzo. Sunny apartó rápidamente la vista.

–Lo siento –dijo con tono seco. Miró de reojo la puerta abierta y se dirigió hacia ella.

–Me sorprende que no me hayas preguntado por qué he vuelto tan pronto. ¿Empezaste a hundirte porque no esperabas verme?

–Yo... –empezaron a bajar las escaleras, ella a toda prisa y Stefano tomándose su tiempo.

–Porque no me gustaría que mi presencia te pusiera tan nerviosa que supusiera una amenaza para tu vida.

Sunny se dio la vuelta y le miró con los brazos cruzados.

–¿Te estás burlando de mí?

–¿Por qué nunca diste clases de natación?

Sunny se puso roja y apartó la vista.

–¿Dónde está Flora?

–Viendo la televisión en el salón. Creía que todos los niños daban clases de natación en el colegio.

Ella le miró fijamente.

–Me hubiera gustado darlas –murmuró apretando los dientes–. Pero eso nunca sucedió.

Se giró sobre los talones con el corazón latiéndole con fuerza y se dirigió a la cocina. Iba a tener que renunciar al trabajo, ¿qué clase de niñera terminaba siendo rescatada de una situación peligrosa por la niña que estaba cuidando? Stefano no volvería a confiarle a su hija.

Y tal vez fuera mejor así, pensó. Si no lo tenía cerca tal vez la vida volvería a la normalidad.

Cuando estuvieron en la cocina se giró hacia él y mantuvo un tono de voz bajo para que Flora no les oyera desde el salón.

–Quiero decirte que renuncio al trabajo –afirmó–. Creo que puede considerarse el trabajo más corto de la historia –añadió tratando de reírse.

–¿De qué estás hablando? ¿Por qué renuncias a tu trabajo?

Se había lavado el pelo y ya se le estaba secando con el calor de la tarde. Lo llevaba suelto y le caía casi hasta la cintura. No llevaba maquillaje. Stefano deslizó la mirada hacia sus labios carnosos, pero apartó al instante la vista porque sintió que su cuerpo cobraba vida. Como había sucedido cuando la estaba sosteniendo contra su cuerpo, húmeda y temblorosa. Tuvo que hacer un esfuerzo para no mirarle los senos firmes bajo la parte de arriba del bikini. Nunca había tenido que reprimirse y le estaba resultando difícil.

–Porque creo que he fracasado –Sunny apartó rápidamente la mirada–. No me pagas para... para...

–¿Para poner en peligro tu vida?

–No tendría que haberme acercado a la piscina teniendo en cuenta que apenas puedo chapotear.

–Eres buena para Flora y no pienso aceptar tu renuncia –Stefano se pasó la mano por el pelo antes de servir dos vasos de agua–. Seguramente ya hayas tenido suficiente de esto por hoy. ¿Quieres algo más fuerte?

–Agua está bien. Pero no me pagas para meterme en situaciones en las que necesito que me rescaten.

–Hacía tiempo que no rescataba a una damisela en

apuros. Tal vez me tocaba –Stefano la miró por encima del borde del vaso de agua y le sorprendió ver lo vulnerable que parecía. ¿Sería esa la razón por la que le atraía tanto? Tenía treinta y un años, pero Sunny le hacía sentirse joven de nuevo y no sabía por qué.

–No necesito que me rescaten –dijo ella–. Y nunca he sido una damisela en apuros. De hecho, no me gustan esas mujeres lánguidas que creen que necesitan ser rescatadas por un hombre fuerte.

–¿Esta es tu manera de decirme que me consideras un hombre fuerte? –Stefano alzó las cejas en un gesto mordaz sin poder evitarlo–. Cuéntame por qué nunca aprendiste a nadar.

Sunny aspiró con fuerza el aire. Si verbalizaba con claridad las líneas que separaban sus mundos tal vez dejara de responder como una adolescente a su presencia. Y tal vez Stefano guardara también las distancias.

Alzó la barbilla y mantuvo el contacto visual.

–No tuve una infancia feliz –afirmó con contundencia–. De hecho, fue espantosa, aunque acepté la situación como era y no malgasté mucho tiempo pensando en cómo podría haber sido. Aprendí muy pronto que hay que aceptar lo que no se puede cambiar.

Stefano la escuchaba con atención con la cabeza ligeramente inclinada a un lado.

Cuando las mujeres le contaban anécdotas de su pasado trataban de atraer su interés. Pero le daba la sensación de que esa no era la intención de Sunny.

Había un tono subyacente de desafío en su voz que le hizo preguntarse si por el contrario no estaría intentando apartarle de ella.

No era posible. No era posible que hubiera notado el efecto que ejercía sobre él. Por una vez estaba en compañía de una mujer... impredecible. Una mujer que no podía descifrar y que no tenía como objetivo impresionarle.

–Cuéntame –la animó con voz ronca.

–La mayoría de la gente con la que trabajo proviene de un entorno de clase media bueno y sólido –Sunny se miró las uñas mientras hablaba–. No tengo ningún problema con eso. Pero la clase media buena y sólida estaba tan lejos de mí cuando yo era niña...

Suspiró y se dejó las uñas para mirarle directamente a los ojos.

–Mi madre bebía y tomaba drogas. Era débil y se dejaba influir fácilmente por los hombres, así que pasé toda mi infancia sin saber qué me depararía la vida al día siguiente. Había momentos en los que me cuidaban otras personas y entonces había una relativa estabilidad. Cuando todavía era muy pequeña mi madre murió de una sobredosis y me llevaron al sistema de acogida. Finalmente me acogió una familia y fue una pesadilla, pero por suerte conseguí una beca para un prestigioso internado. En medio de todo aquello no tuve la oportunidad de dar clases de natación.

Sunny sonrió sin ganas.

–Sinceramente, solo tenía tiempo para sacar adelante mis deberes.

–¿Por qué me lo has contado?

–Porque tenías curiosidad. Y porque en tu mundo es inconcebible que un adulto no sepa nadar. Creo que en tu mundo la mayoría de la gente no sabe lo que es crecer sin piscina y sin vacaciones al lado del mar.

Stefano no dijo nada. Estaba empezando a entender las capas que Sunny se había colocado encima para protegerse y también por qué su trabajo era tan importante para ella. Una carrera profesional era algo tangible a lo que podía agarrarse, y tras una infancia tan turbulenta, seguro que eso significaba mucho para ella.

Y estaba en lo cierto. Sentía curiosidad. Quería saber por qué se defendía tanto.

Sunny se encogió de hombros.

—No suelo compartir con la gente los detalles de mi pasado —se explicó—. Pero tampoco es un gran secreto, y es más fácil que te lo cuente que tenerte todo el rato haciendo preguntas incisivas. Y también debes saberlo por si decides cambiar de opinión respecto a que cuide de Flora.

—¿Por qué iba a hacer eso? ¿Es que piensas que soy un esnob?

—Yo no pienso nada —Sunny se sonrojó y apartó la vista—. Solo quería darte la oportunidad de echarte atrás... en cualquier caso, no importa. Estaré encantada de seguir trabajando para ti hasta finales de la semana que viene. ¿Quién tomará el relevo cuando yo me haya ido? ¿Has buscado otra niñera?

—Mi madre suele ayudarme. Ahora mismo está en Escocia, como te dije, pero tomará el relevo hasta que encuentre a otra persona. Flora se lleva con mi madre un poco mejor que conmigo, lo cual no es mucho decir, pero al menos no es directamente maleducada como lo ha sido con las niñeras que contraté en el pasado. Y ahora, ¿qué te parece si le digo a Eric que te deje en tu apartamento para que puedas ponerte algo más elegante? Tengo intención de llevaros a las dos a cenar, ya que he llegado a casa mucho antes de lo esperado.

—¡No! Gracias. Yo... si ya estás tú aquí yo debería volver —lo que sería una puñalada para Amy, que seguramente estaría en esos momentos con su novio.

—Tonterías —dijo Stefano con tono amable—. Insisto —se puso de pie y llamó a su chófer—. He intentado salir

a comer fuera con mi hija. Y el resultado ha sido pé-
simo –afirmó sin asomo de su habitual seguridad en sí
mismo–. Cuando mi madre viene la situación es un
poco menos incómoda, pero he percibido pequeños
cambios en Flora y tengo que agradecértelo.

Dejó pasar unos instantes para que sus palabras calaran.

–Creo que, si tú vienes, el ambiente será otro –continuó con sinceridad.

¿Por qué la emocionaba tanto la idea de salir a cenar
con él? ¡Flora estaría allí! Y, sin embargo, la idea de
vestirse para la ocasión... de pasar de la charla informal
a algo más...

Pero le había hablado de su pasado, había reforzado
las diferencias que los separaban. ¿Acaso no había aca-
bado con cualquier estúpida idea romántica? Sunny no
estaba interesada en las revistas para novias ni miraba
los anillos de compromiso en los escaparates de las jo-
yerías.

Así que estaba a salvo en lo que se refería a Stefano
Gunn, y haberle contado los detalles de su pasado, tan
distinto al de él, era otro salvavidas.

Pensó en sí misma por un instante. Tan dura, tan
sensata, siempre con la cabeza en los hombros... ¡tenía
sentido!

Era importante tener el control total. Había llevado
una vida en la que no había control, y había visto cómo
eso destruyó por completo a su madre.

Así que ella dejaba que la cabeza la guiara a través
de la vida en lugar de dejarse llevar por las emociones...

Y sin embargo...

Durante unos breves instantes se preguntó si no habría sacrificado demasiado en su búsqueda de la estabilidad y con su desconfianza hacia las relaciones. Se

había jurado siendo muy pequeña que se protegería a sí misma para no ser como su madre. Nunca permitiría que un desfile de hombres influyera en su vida. Nunca pensaría que la salvación estaba en el fondo de un vaso o en las drogas.

Pero en ese momento se le pasó por la cabeza que en su prisa por aprender las lecciones de su vida había renunciado a algo más que a esas cosas.

¿Había renunciado a la diversión? ¿Y hasta dónde podía protegerse para no resultar herida sin convertirse en una roca aislada y separada del resto de la humanidad? Con John metió los pies en el agua y los sacó demasiado rápido porque la temperatura no era la adecuada. Entonces, ¿qué había después? ¿La vida seca y estéril de alguien que no se atrevía a nada?

–Muy bien –dijo Sunny con brusquedad, molesta consigo misma por la dirección que habían tomado sus pensamientos. Sonrió educadamente–. Estoy segura de que a Flora le gustará la idea. ¿A qué hora quieres que vuelva? ¿O vamos a ir a algún sitio de Londres? En ese caso, podríamos encontrarnos allí.

–Eric te esperará. Cenaremos por aquí, creo. Conozco un par de sitios y será menos cansado que ir hasta el centro de la ciudad, aunque Flora y yo podríamos pasar la noche en mi apartamento de Mayfair.

Stefano pensaba que no sabía divertirse. Sunny seguía dándole vueltas al asunto en la cabeza muy a su pesar.

Pensaba que era una ambiciosa y una amargada que no sabía hacer otra cosa más que trabajar. No tenía novio, había llevado una vida triste y llena de desafíos, y en esos momentos... trabajaba hasta muy tarde por la noche, tenía un segundo trabajo y el fin de semana procuraba dormir.

Recordó que Stefano le había dicho que trabajaba mucho, pero que también «jugaba».

–De acuerdo –Sunny se encogió de hombros–. Pero espero que a Eric no le importe esperar. Las chicas podemos ser un poco indecisas a la hora de elegir la ropa.

Stefano alzó una ceja y ella se sonrojó porque tenía la molesta sensación de que podía ver a través de ella.

«Sí, las chicas se toman su tiempo arreglándose. Y eso me incluye a mí también a pesar de lo que pienses».

Estaba decidida a demostrarle que se equivocaba y a demostrarse a sí misma que no había olvidado lo que era arreglarse y pensar en algo más que en exámenes y en trabajo.

Esperaba que Amy se mostrara horrorizada ante su inesperada llegada, pero su compañera de piso sonrió al verla entrar.

–He preparado una cena que ha sido un desastre –susurró riéndose–. Te juro que seguí al pie de la letra el libro de recetas, pero ha sido un completo fracaso.

–¿Y por qué te ríes?

–Porque a Jake le ha parecido muy gracioso. Dijo que es un gran cocinero y que busca una mujer a la que poder impresionar con sus habilidades culinarias. El caso es que ha ido a buscar comida para llevar al restaurante tailandés de la esquina y luego vamos a ver una película. No vas a quedarte, ¿verdad?

–No, claro que no –Sunny se rio–. Pero necesito que me hagas un favor antes de que vuelva Jake.

Media hora más tarde, Sunny se miró en el espejo de cuerpo entero de la habitación de su amiga.

Su selección de ropa elegante era lastimera. Solo tenía ropa de trabajo y ropa para estar en casa. Se había acostumbrado con los años a llevar ropa que no llamara la atención. Por lo que a ella se refería, lo que importaba era lo que estaba debajo de la superficie. Pero por primera vez en su vida sentía el alocado deseo de sacarse el máximo partido a sí misma y la única persona que podía ayudarla era Amy.

Tenía la ropa que a ella le faltaba, y aunque no eran de la misma talla, Amy se compraba ropa ajustada y pequeña. Sunny escogió varios atuendos, pero su amiga insistió en que eran demasiado sosos para una cita en la ciudad.

–No es una cita en la ciudad –protestó quitándose un vestido para probarse otro–. Su hija va a estar allí.

–Vas a salir y es por la noche. Y él es muy guapo, ¿verdad? Lo dijiste antes de que te lo preguntara.

–Es un creído.

–Pero es mono y es sexy.

–Y demasiado arrogante para mi gusto.

–Ya veo que no has discutido sobre si es sexy –Amy se rio y le dio la vuelta para que se mirara en el espejo.

Sunny se encontró entonces con la joven que se había pasado la vida tratando de ocultar.

Sus largas piernas parecían interminables y se le veían enteras con la estrecha falda rosa pálido. Era más alta que su amiga, así que lo que para Amy era por encima de la rodilla, para ella era casi una minifalda.

La falda iba a juego con un top igual de estrecho con escote de barco y mangas tres cuartos. Juntos parecían un vestido, pero cuando se movía dejaban al descubierto atisbos de su vientre plano.

–Perfecto –declaró Amy con satisfacción–. No sabes cuántas ganas tenía de hacer esto. Puedes dejarte el pelo como está, solo pásate los dedos para que tenga un aspecto un poco más salvaje y si te quedas quieta unos segundos te pondré un poco de sombra de ojos, rímel y lápiz de labios.

Sunny no protestó porque estaba demasiado ocupada mirando a la desconocida que la miraba a su vez a ella.

«Sexy».

Tuvo un repentino ataque de pánico. Nunca se había puesto nada parecido, incluidos los zapatos que le había prestado Amy, con un tacón medio. Le habría dado terror llamar la atención de los hombres, pero ahora le emocionaba la idea de demostrarle a Stefano que sí, que era una chica divertida. Alguien que salía, que hacía cosas excitantes en su tiempo libre.

Completó el atuendo con su propia chaqueta vaquera y una mochila informal.

—Estás fabulosa —le dijo su amiga empujándola prácticamente por la puerta. Sunny sentía de pronto las piernas como de plomo—. Date prisa y márchate ya para que pueda arreglarme un poco para mi propia cita —Amy sonrió y se puso de puntillas para darle un beso a Sunny en la mejilla—. Pásalo bien. Nunca te diviertes demasiado...

Capítulo 5

STEFANO se dirigió a las puertas dobles acristaladas que daban al jardín y se quedó mirando hacia la piscina. Fuera estaba empezando a oscurecer, el brillante turquesa del cielo se había transformado en un tono violeta. Flora había subido a cambiarse. No la había visto tan animada desde que vivía con él. No se debía a él ni a un repentino interés por fortalecer la relación padre-hija. No era idiota. Estaba llena de energía por los acontecimientos de la tarde porque, por muy madura y seria que fuera, seguía siendo demasiado pequeña para percibir el peligro real que Sunny había corrido.

Se metió la mano en el bolsillo de los pantalones informales de color beige y frunció el ceño al recordar lo que Sunny le había contado sobre su desgraciada infancia. No sabía qué hacer con aquella información.

Lo más destacable era que Sunny le gustaba, pero junto a la reacción física elemental quedaba el hecho desnudo de que no era como las demás mujeres con las que había salido. Eso resultaba en sí mismo desconcertante. Si a eso añadía la relación que tenía con su hija, las cosas pasaban de desconcertantes a directamente peligrosas.

Pero cuanto más veía, más quería...

¿Querría salir Sunny con él? ¿Estaría siquiera interesada? ¿Se estaría burlando aquel deseo físico de su sentido común?

Sunny no lanzaba las señales habituales. No había miradas coquetas ni fragilidad femenina destinada a inspirar su instinto protector. Y siempre parecía dispuesta a escapar de su compañía...

No estaba jugando a hacerse la difícil.

Pero se sonrojaba... y había ocasiones en las que se atisbaba el fantasma de una vibración, una corriente eléctrica que Stefano podía sentir entre ellos, suave, sutil, apenas perceptible pero suficiente para hacerle hervir la sangre.

¿Sería esa la razón por la que no podía quitársela de la cabeza? Aquel día había terminado el trabajo lo más pronto posible, había delegado en uno de sus subordinados... y sabía que lo había hecho porque quería ver a Sunny.

Era una debilidad que no le importaba admitir porque no se permitía ninguna debilidad en lo que a las mujeres se refería. Por muy sexy que fuera o por muy interesado que estuviera en acostarse con ella, había una parte de él que sabía que al final podía tomarlo o dejarlo.

Nunca antes había salido corriendo del trabajo por ninguna mujer. No lo había hecho por Alicia. Si no hubiera sido por el embarazo, Alicia habría sido tan temporal como todas las mujeres con las que había salido después del divorcio.

Pero se dio cuenta de que estaba deseando volver a casa y sorprenderla en la piscina...

Sintió el nacimiento de una erección al recordar la suavidad de su cuerpo contra el suyo, la tentación de aquellos pezones erectos...

Sumido en sus pensamientos, no fue consciente de la presencia de Flora, que estaba en el umbral, hasta que la niña dijo:

–Sunny está aquí.

Stefano se dio la vuelta y sonrió.

–Estás muy guapa, Flora.

Su hija frunció el ceño y él se preguntó si la frágil tregua que había entre ellos habría terminado ahora que Sunny no estaba allí como mediadora.

–No, no lo estoy –le espetó–. Tengo la piel demasiado oscura.

Stefano la miró entornando los ojos.

–¿De qué diablos estás hablando?

Flora se encogió de hombros como si no quisiera seguir hablando del tema.

–¿Quién te ha dicho eso? –insistió él.

–Mamá me lo decía de vez en cuando –reconoció la niña encogiéndose otra vez de hombros.

Stefano aspiró con fuerza el aire y le mantuvo a su hija la mirada.

–Eres preciosa, Flora, y no te lo digo solo porque sea tu padre –tuvo que aclararse la voz. Sentía un nudo en la garganta, pero la niña puso los ojos en blanco, esbozó una media sonrisa y salió de allí para dirigirse a la puerta de entrada.

«Querida Alicia», pensó con la boca llena de bilis. Se había asegurado de que su divorcio fuera lo más agrio posible y, tras haber cruzado el océano con Flora, se había encargado de obstaculizarle sus derechos de visita cada dos por tres. Stefano siempre sospechó que Alicia le había llenado a su hija la cabeza de mentiras y medias verdades a pesar de que él le había dado todo lo que le pidió tras el divorcio.

Pero ¿habrían llegado sus maquinaciones todavía más lejos?

¿Habría descargado su rabia y su amargura contra la niña porque Flora le recordaba a él? ¿Habría hecho comentarios intencionados que dejaron un impacto en Flora? Alicia era muy rubia. Se imaginó su gesto de desprecio al comentar el tono mucho más oscuro de Flora.

¿Era de extrañar que hubiera renunciado a tener relaciones duraderas con las mujeres?

Se rio amargamente para sus adentros y siguió a su hija hacia la puerta de entrada.

Vio a Sunny antes de que ella le viera a él porque cuando llegó al vestíbulo se estaba dando la vuelta y diciéndole algo a Eric entre risas.

Stefano se detuvo en seco, entornó los ojos y sintió una puñalada de algo parecido a los celos.

Le había dicho que se pusiera algo elegante. Esperaba una variación del tema de la ropa de trabajo. Una falda por debajo de la rodilla, camisa formal... atuendo de camuflaje pensado para fundirse con el entorno y no llamar la atención sobre su fabuloso físico.

Stefano sabía que era culpable de dar por hecho que era una chica que evitaba divertirse, sobre todo después de lo que le había contado sobre su pasado. Sunny no quería llamar la atención. Tenía la impresión de que su madre había buscado desesperadamente esa atención.

Era muy independiente y no le iban el coqueteo ni las aventuras.

Stefano había dado por hecho todo aquello respecto a Sunny.

No tenía novio. Otra cosa que dio por hecho fue que tampoco lo buscaba. Eso llegaría más tarde, y cuando así fuera se trataría de un hombre serio y con un trabajo estable que tampoco estaría interesado en divertirse.

Le resultaba inexplicable la atracción que sentía por ella, por qué había echado raíces en su mente y por qué se negaba a irse.

A Stefano le gustaban las mujeres divertidas. Lo último que quería era una mujer seria porque solo había un paso entre la mujer seria y la mujer que quería un anillo de compromiso en el dedo.

Había que evitar a la mujer seria para evitar la conversación sobre el anillo.

Su madre siempre había pensado equivocadamente que necesitaba una mujer joven y seria que desempeñara el papel de madre y esposa. Desaprobaba las aventuras que iban y venían como barcos en la noche.

Pero a él le gustaban los barcos volubles de la noche.

Por eso le sorprendía tanto su reacción ante Sunny.

Aunque... al parecer, se había equivocado de plano en alguna de sus suposiciones.

Llevaba el largo cabello flotando sobre los hombros, y el atuendo...

Stefano empezó a sudar. ¿Qué había sido de la chica que se vestía para esconderse? ¿Dónde diablos se había metido? Casi le molestaba la aparición de aquella sirena sexy ante la que su cuerpo respondía con entusiasmo.

Miró a Eric con gesto torcido. El chófer le vio, se sonrojó y dio un paso atrás justo cuando Sunny se giraba hacia él con aquellas piernas tan largas, la melena rubia y los brillantes ojos verdes.

Flora la miraba fijamente con la boca abierta, como si de pronto hubiera aparecido un alienígena. Stefano estaba igual.

–¿Te has olvidado de terminar de vestirte? –se oyó decir a sí mismo avanzando.

No era precisamente el cumplido que Sunny esperaba, y se puso tensa, molesta consigo misma por esperar algún cumplido.

Se preguntó de pronto si Stefano no estaría pensando en qué clase de ejemplo suponía aquel atuendo para Flora.

Sunny se contuvo para no decirle que aquella no era su manera de vestir. Luego recordó lo que Stefano pensaba de ella, que era una joven aburrida que solo pensaba en trabajar.

Alzó la barbilla con gesto desafiante y sonrió ante el peligro.

—En absoluto —afirmó.

—Me encanta —intervino Flora con gratificante entusiasmo.

—Muchas gracias, Flora —tal vez Stefano hubiera sido sarcástico, pero podía sentir su mirada clavada en ella, intensa como una llama.

—No hay mucho material que apreciar —se burló él—. Solo son unos centímetros de tela elástica. Me sorprende que te puedas sentar con comodidad.

—Esto es lo que se pone la gente ahora para... para ir a las... discotecas.

—No sabía que te gustaban las discotecas —murmuró Stefano con tono desaprobatorio.

Flora se subió a la parte de atrás del coche y se puso al instante los cascos para escuchar música en su móvil.

Stefano estaba apoyado en el coche y la miraba con ojos oscuros e inescrutables.

—Intento salir siempre que puedo —Sunny estaba empezando a sentirse terriblemente incómoda con aquel atuendo tan ajustado bajo su mirada acusadora.

Pero ¿acaso era asunto suyo?, pensó desafiante.

Stefano no dijo nada, pero miró a Eric de reojo al sentarse en el asiento delantero. No podía culpar a su chófer por mirar. El atuendo era espectacular. Sunny no podría dar dos pasos sin atraer todas las miradas. ¿Debería reconsiderar la opción del restaurante? Tal vez podrían quedarse en casa y llamar a un servicio de catering. Había escogido el restaurante en cuestión porque a veces iban famosillos y pensó que a Flora podría parecerle divertido. En ese momento se imaginó a esos famosillos mirando embobados a Sunny, tal vez incluso tratando de darle su teléfono.

Stefano no podía engañarse y decir que estaba protegiéndola de una atención masculina que ella no deseaba. No. No quería que los hombres la miraran ni intentaran nada con ella porque la quería para él. Por mucho que hubiera luchado contra ello, esa era la realidad. La deseaba.

Recorrieron en silencio la corta distancia que los separaba del restaurante. Sunny iba mirando por la ventanilla con Flora a su lado, metida en su propio mundo y escuchando música.

Estuvo inusualmente callada durante la cena, solo intervenía cuando le hacían una pregunta directa. La comida estaba deliciosa y la clientela resultaba interesante. Flora se emocionó al ver a un chico que, según dijo en voz baja, era el cantante de una banda juvenil cuyo nombre ni Sunny ni Stefano reconocieron.

Llevar aquella ropa había sido una idea absurda. Había querido demostrar algo y lo único que había demostrado era ser como su madre. Solía vestirse así, todavía peor, con ropa ajustada que no dejaba nada a la imaginación y que atraía la atracción equivocada de los hombres equivocados.

Cuanto más pensaba en ello, peor se sentía. En lugar de verla bajo una luz distinta, Stefano la veía como una chica fácil, alguien que dejaba de ser abogada en cuanto se quitaba el traje de chaqueta. Se había esforzado tanto en proyectar la imagen que quería que viera el mundo que le resultaba terrible sospechar que una decisión impulsiva causara en él una impresión equivocada.

Se quedaron en el restaurante bastante más tiempo del que Sunny esperaba. Flora, emocionada por estar viendo al cantante, alargó la cena todo lo que pudo y luego insistió en pedir postre.

–¿Por qué no te quedas a dormir? –sugirió Stefano girándose para mirarla desde el asiento delantero.

Flora, que estaba agotada, había terminado medio dormida en el hombro de Sunny, pero se espabiló lo suficiente para secundar adormilada la sugerencia.

–Mañana es domingo, así que a menos que tengas planes, quédate y pasa otro día allí. Es mucho mejor que estar en Londres y puedes intentar volver a nadar si no te da demasiado miedo...

–Gracias –respondió Sunny con educación–. Pero no es posible.

–¿Por qué no?

–Porque...

Había un montón de razones para elegir. Por ejemplo: «Porque me haces sentir incómoda y la idea de estar bajo el mismo techo que tú toda una noche me provoca escalofríos. Además, no he traído ropa para cambiarme y si tengo que pasar otro día con esta me muero».

En cuanto a su sugerencia sobre la natación... Sunny casi soltó una carcajada, porque de ninguna manera iba a pasearse en bikini delante de él.

–Ya has oído a Flora. A ella le gustaría. ¿Verdad, Flora?

–No creo que sea jugar limpio coaccionar a tu hija para que se ponga de tu lado.

–Puedo jugar sucio si la ocasión lo requiere... piensa en ello –Stefano se dio la vuelta.

Unos minutos después, el coche cruzó entre los pilares de piedra que anunciaban el largo camino de entrada a la casa.

Flora estaba agotada y se acostó enseguida. A Sunny le parecía de mala educación desaparecer sin darle las gracias por la cena, así que se quedó unos instantes sintiendo vergüenza por aquel maldito atuendo.

–¿Y bien? ¿Cuál es tu decisión?

Stefano reapareció a través de una de las puertas laterales, sin duda había ido a algún lado tras acostar a su hija.

Sunny se deleitó la vista mirándole. No se había vestido formalmente para la cena y llevaba unos sencillos pantalones negros y una camisa de lino de color crema que realzaban su exótico y bronceado tono de piel.

–Tengo muchas cosas que hacer mañana –empezó a decir Sunny. Pero en lo único en lo que podía pensar era en aquellos fabulosos ojos oscuros escudriñándola a ella y a su ropa prestada, juzgándola con desprecio.

Todas sus inseguridades dormidas, las que creía que había enterrado para siempre, salieron de sus superficiales tumbas.

Recordó a los hombres que habían entrado y salido de su vida persiguiendo a su madre. Recordó el modo en que los ojos de su padre de acogida la seguían aunque se vistiera como una monja en su presencia. Recordó cómo la miraban los chicos que había conocido en el internado, como si quisieran ponerle las manos encima. Recordó que nunca había encajado, que las chicas de buena familia, seguras de sí mismas, siempre la dejaban de lado.

Pensó que, si una de aquellas chicas se vistiera en aquel momento con una falda corta y un top, a Stefano no se le ocurriría nunca hacer ningún comentario sarcástico al respecto.

–Estoy molesta por el modo en que me has insultado –le espetó sin pensar en ello.

No había pensado decir nada, y no entendía por qué lo había hecho, porque un comentario de ese tipo suponía reconocer claramente sus inseguridades. Unas inseguridades que no quería mostrar ni ante él ni ante nadie.

Stefano se la quedó mirando asombrado, como si le hubieran lanzado una pelota de forma inesperada.

–Explícate –le pidió finalmente–. Y siéntate. Haces que me sienta como un niño al que han llamado al despacho del director para regañarle –se dio la vuelta y sirvió dos copas de vino–. ¿De qué manera te he insultado?

Tomó asiento y arrastró una silla con el pie para poder estirar sus largas piernas.

–Mi atuendo –murmuró Sunny. Se arrepintió al instante de haber expresado abiertamente su molestia, porque en cuanto lo dijo, la oscura mirada de Stefano se recreó en su cuerpo, provocando en ella una punzada de excitación.

–¿Qué pasa con él? –¿se habría dado cuenta de cómo la miraban los hombres cuando entraron en el restaurante? Él sí, y no le había gustado nada.

Nunca le había importado cómo vestían las mujeres con las que salía. Lo cierto era que llevaban ropa todavía más mínima que la que llevaba Sunny en ese momento.

¿Había sentido alguna vez la inclinación de pedirle a alguna de ellas que se cambiara? ¿Que se pusiera algo más discreto?

La respuesta era muy sencilla: no.

Pero aquella noche había tenido que contener el deseo de apresurar la cena para liberar a Sunny de las miradas furtivas que estaba despertando sin saber en todos los hombres que había en el comedor.

Stefano tenía que asumir que estaba acostumbrado a conseguir exactamente lo que quería y cuando quería del sexo opuesto, y la falta de interés de Sunny estaba despertando todo tipo de extrañas respuestas en él. Respuestas que no venían en absoluto al caso.

Sunny no solo no estaba haciendo ningún movimiento para atraer su atención, sino que estaba intentando desalentarle.

—No me gustó que insinuaras que parecía... que parecía una fresca —apenas se la oía y se había puesto muy roja, pero tenía que decirlo.

Stefano no podía adoptar una actitud hipócrita porque sabía perfectamente de lo que estaba hablando.

Aunque Sunny había malinterpretado la intención que ocultaban sus palabras.

—Pensé que estarías incómoda con la atención no deseada que un atuendo así puede atraer.

—Voy vestida como cualquier chica de veintipocos años.

—No todas tienen una figura tan espectacular como la tuya.

Sunny parpadeó y luego, al captar el significado de sus palabras, sintió que todo su cuerpo reaccionaba con un ligero temblor. Porque fue como si aquellas palabras, pronunciadas con voz ronca, se clavaran en cada pensamiento inapropiado que tenía respecto a él, arrancando la etiqueta de inocencia que había intentado ponerles.

No estaba intentando nada con ella, se dijo Sunny. Tal vez estuviera coqueteando, pero, si era ese el caso, no iba a llegar a ninguna parte porque ella no coqueteaba. Y menos con alguien como Stefano Gunn.

Pero la había dejado desconcertada y le estaba costando trabajo reconducir sus pensamientos.

Stefano observó que se ponía tensa y echaba hacia atrás los estrechos hombros. No le miraba a los ojos, pero tenía los labios apretados y la expresión neutra. Estaba apoyada al borde de la silla, como si quisiera asegurarse de que podía saltar rápidamente en caso de que la situación lo demandara.

–Te pido disculpas si mi comentario sobre tu atuendo te ha parecido... ofensivo –murmuró con tono gruñón–. Y tienes toda la razón, por supuesto. No llevas puesto nada que no se pongan las chicas de tu edad. De hecho, conozco a algunas que tienen el doble de años y estarían encantadas de ir así.

Sunny se relajó un poco. Clavó la vista en la copa de vino como si la viera por primera vez y le dio un pequeño sorbo.

En esos momentos sentía que había exagerado. Stefano había tocado nervio, pero ¿cómo iba a saberlo él? A Sunny le acudió otro pensamiento a la cabeza...

¿Había hecho aquel comentario de forma espontánea y sin pensar porque le parecía que ella no encajaba en el ambiente del elegante restaurante? ¿Le había parecido que destacaría de forma indebida entre los comensales de clase media con sus cárdigans y sus perlas? ¿Le habría dado vergüenza ser visto con alguien que claramente no conocía la etiqueta para vestir en un lugar tan caro?

Lo cierto era que ella no se había fijado en quién estaba allí. Se encontraba demasiado avergonzada. Pero, por supuesto, seguro que habría gente adinerada.

Una nueva oleada de inseguridad la atravesó y le dejó un sabor amargo en la boca.

–He reaccionado así porque... mi madre solía llevar ropa ajustada –soltó Sunny, quejándose interiormente por la falta de control que solía apoderarse de ella

cuando tenía cerca a Stefano. Era como si lograra que
dijera cosas que normalmente no diría. Agarró con
fuerza el tallo de la copa y frunció el ceño para concentrarse–. Yo juré que nunca me vestiría con nada que no
fuera... que no fuera...

–¿Abotonado hasta el cuello? ¿Que cubriera lo más
posible?

–Ella no tenía control sobre sí misma –reconoció
Sunny–. Ni con la bebida, ni con las drogas ni con los
hombres –sintió que se le llenaban los ojos de lágrimas
y deseó que se la tragara la tierra–. No te haces una
idea... –dijo con voz acallada.

Apenas se dio cuenta de que Stefano se había levantado de su asiento y había acercado una silla. Agradeció
que el pelo le cayera por las mejillas y ocultara su expresión.

–Lo siento –dijo Stefano con sinceridad. Extendió la
mano para acariciarle la cara y luego se la giró con delicadeza para obligarla a mirarle.

Aquello era completamente inapropiado, y al mismo
tiempo le resultaba correcto. Pensó en todas las razones
por las que no debería tocarla, ni siquiera de un modo
inocente, y lo único que surgió en él fue la cruda fiereza
de su respuesta física. Era como si estuviera librando
una batalla para emerger victorioso.

–Esta ropa ni siquiera es mía –susurró Sunny a pesar
de haberse dicho a sí misma que nunca lo reconocería.
Quería demostrarle que era capaz de divertirse como
cualquier chica de su edad.

–¿No? –Stefano se preguntó por qué se sentía tan
aliviado al escuchar eso. La piel de Sunny era suave
como el terciopelo bajo su dedo, y sus ojos tenían el
color verde del mar.

–Es de mi compañera de piso –confesó ella resistiéndose al deseo de dejarse llevar por las distraídas caricias de su dedo. El corazón le latía con fuerza. Aquello le parecía muy peligroso, pero se dijo a sí misma que todo eran imaginaciones suyas y que Stefano solo estaba siendo amable.

Pero ella no quería que fuera amable... quería que fuera... un hombre...

La respiración se le hizo más agitada y batió las pestañas cuando aquella certeza le cayó a plomo en la boca del estómago. Le había costado trabajo aceptar que le resultaba atractivo, pero al menos se trataba de una situación pasiva, algo con lo que podía arreglárselas aunque fuera un inconveniente.

Pero desear que siguiera acariciándola, que la mirara con el fuego con el que un hombre miraba a una mujer que deseaba...

Se retiró un poco y al instante echó de menos la embriaguez de estar cerca de él y sentir su piel en la suya.

—Amy me dejó esta ropa —dijo con tono más firme—. Pensó que me quedaría mejor que lo que suelo ponerme para salir.

Tras aquel breve instante de intimidad, Stefano sintió que se apartaba de él y la necesidad de recuperar la conexión perdida lo atravesó con la fuerza de un tren descarrilado.

—Pero no me siento cómoda vestida así, si quieres que te diga la verdad —Sunny se encogió despreocupadamente de hombros con la esperanza de disipar la carga eléctrica que había entre ellos.

«Cualquier chica podría perderse en su mirada», pensó sin poder evitarlo. No era de extrañar que a ella le temblaran las piernas.

—¿Por qué te llamas así? —murmuró Stefano antes de

que ella iniciara una conversación educada, antes de que se distanciara de él.

–¿Disculpa?

–Tu nombre. ¿Es un apodo? Después de lo que me has contado sobre ti y sobre tu madre...

–¡No creo que te interese saberlo de verdad! –Sunny se rio sin ganas–. Siento haber sido tan quejica y haberlo soltado todo. Apuesto a que no contabas con esto cuando me invitaste a salir a cenar con Flora y contigo.

Excitada y consciente del modo en que la estaba mirando, Sunny intentó buscar algo sensato que decir de Flora, alguna observación que le diera la vuelta a la intimidad de aquella conversación porque se le estaban derritiendo los huesos, sobre todo porque, en lugar de captar la indirecta y apartarse de ella, Stefano se había inclinado hacia delante acortando una vez más la distancia entre ellos.

No se le ocurrió nada sensato que decir y se humedeció nerviosamente los labios.

–Sí me interesa –murmuró Stefano.

Sunny suspiró.

–No es gran cosa. Mi madre estaba en un periodo optimista –dijo con tristeza–. Eso fue lo que me dijo muchas veces. Dejó de beber y de tomar drogas cuando supo que estaba embarazada de mí.

–¿Y tu padre?

Sunny bajó la mirada y sintió que le faltaba el aliento.

–No tengo ni idea. Seguramente sería otro bala perdida.

–Lo siento.

Y parecía que lo decía de verdad, lo que le provocó a Sunny un nudo en la garganta. Clavó la mirada en la suya y la dejó ahí.

–Estabas diciendo... –le recordó Stefano.

–Ah, sí. Estaba diciendo que mi madre había dejado la mala vida y eligió el nombre más esperanzador que se le ocurrió –Sunny sonrió con tristeza–. Y desde entonces vivo atrapada en él. Ni siquiera tengo un segundo nombre útil que podría haber utilizado.

–El atuendo –murmuró Stefano.

Ella se puso tensa.

–Estoy deseando quitármelo.

–Yo no quise decir...

–Tal vez creíste que no encajaría entre la gente del lugar.

Stefano la miró con palpable asombro y ella se rio. Se dio cuenta de que al menos en esto se había equivocado. Él no era de los que se preocupaban por lo que pensaran los demás.

–Dije lo que dije porque... –Stefano se echó hacia atrás y se cruzó de brazos sin apartar la mirada–. La idea de que otros hombres te miraran...

No debería estar haciendo eso, pero saberlo no ayudaba y no cambiaba nada. Estaba experimentando aquella sensación tan poco común de estar a merced de algo más poderoso y más grande que su propia voluntad. Dejó que sus palabras calaran en ella sin saber cómo respondería.

–Pongámoslo así... no me gustaba la idea y también sabía que no podrían evitar mirarte con ese atuendo.

–No te gustaba la idea... –Sunny se sintió de pronto como si estuviera atravesando una espesa niebla sin ninguna señal alrededor.

–Los hombres miran... y luego desean –Stefano se encogió de hombros en un gesto que implicaba impaciencia y al mismo tiempo resignación–. No me gustaba la idea.

–¿Qué idea?

–Ninguna de las dos –a Stefano se le formó un nudo en el estómago, porque por una vez no estaba visualizando un desenlace garantizado. Sunny era impredecible y poco convencional. Y por una vez, la corriente le estaba arrastrando. Y no quería, pero no podía hacer nada para evitarlo–. No me gustaba la idea de que te miraran... y no me gustaba la idea de que te desearan... me parecía que esas dos cosas deberían salir solo... de mí...

Capítulo 6

SUNNY se quedó mirando a Stefano con los ojos abiertos de par en par, convencida de que había entendido mal.

–¿Qué estás diciendo? –le espetó.

–Supongo que no tengo que deletreártelo sílaba a sílaba –dijo él con voz ronca y juguetona, aunque un reguero de recelo y de incertidumbre le recorrió las venas.

Asociaba aquella incertidumbre a momentos que preferiría no recordar. Como cuando tenía que esperar a que los abogados intentaran resolver el asunto de la custodia... o el recelo de saber que su matrimonio había sido un completo error, un desastre que tendría que enderezar con un divorcio truculento.

Stefano ya no recibía de buena gana en su vida nada que no pudiera controlar. No aceptaba ninguna situación que pudiera desviarle del rumbo que había tomado. A nadie le estaba permitido traspasar los límites que él había puesto. Y nunca se permitía a sí mismo tropezar. Jamás.

Había que escoger una ruta clara, asegurarse de no desviarse y que no apareciera ninguna sorpresa, porque las sorpresas no solían ser buenas.

Pero en aquel momento la ruta no estaba tan clara como solía estarlo en lo referente a las mujeres.

Para empezar, había perseguido a Sunny. No de

forma abierta, pero ¿qué más daba? Había visto sus
señales para que se mantuviera alejado y en lugar de
darse la vuelta se había dejado atrapar. Y eso que el
mundo estaba lleno de mujeres guapas y dispuestas.

Había cambiado su rutina por ella. La había contratado para que trabajara por las tardes y así poder centrarse en acuerdos de alto nivel que requerían muchas
horas, pero se había dedicado a pensar en ella, quería
verla más tiempo que solo de pasada.

Y cuando apareció inesperadamente y se la encontró
en la piscina...

Aquel sencillo bikini negro que era mucho más su
estilo que el atuendo que le había dejado su amiga le
había excitado mucho más que un tanga.

No entendía qué le estaba pasando.

Había algo en Sunny... no era solo su increíble físico, sino el modo en que trataba de ocultarlo. No era
solo su aguda inteligencia, sino la tierna vulnerabilidad
que podía distinguir por debajo. Había conseguido ac-
ceder a Flora, un triunfo que ninguna de las niñeras
anteriores había logrado, y lo había hecho sin esforzarse, dejando muy claro que solo aceptaba el trabajo
porque necesitaba el dinero.

Sobre el papel no tenía sentido para él estar allí sentado esperando a que Sunny subiera a bordo para iniciar
la aventura que estaba interesado en emprender con
ella...

Pero qué diablos... ¿desde cuándo estaba escrito en
piedra que tenía que seguir las normas sensatas?
¿Desde cuándo estaba prohibido desviarse un poco? Y
no pondría en peligro nada. Sabía lo que podía perder y
también sabía cómo evitar que eso ocurriera. Había
admitido su propia debilidad y había dado un paso atrás
para observar la situación desde todos los ángulos.

A la hora de la verdad siempre mantendría el control porque así era él. Saber a qué se enfrentaba uno era estar a cargo de la situación. Y él sabía a qué se enfrentaba. Era como un picor que quería rascarse, y, cuando se lo rascara, desaparecería. Pensar en eso suponía un alivio.

—Me gustas —admitió con una sonrisa lenta. Le resultó liberador no seguir luchando contra ello—. No me preguntes por qué, pero así es.

Sunny sintió como si la estuviera acariciando a pesar de que no la había rozado. El estómago se le puso del revés y durante un instante, todos los principios que le parecían importantes desaparecieron como el agua por el fregadero.

Se sacudió el efecto hipnotizador de sus palabras para recuperar un poco de cordura.

¡Le gustaba a Stefano!

Entrelazó las manos y apartó la vista. Estaba agitada. Todo habría sido mucho más fácil si a ella no le gustara también aquel hombre.

—¿No podría tener esta ropa algo que ver con tu repentino ataque de deseo? —se sintió orgullosa de aquel tono despectivo y natural, que no pareció causar ningún efecto sobre él.

—En absoluto —afirmó Stefano con rotundidad, como si le hubiera dado ya muchas vueltas a esa cuestión—. Aunque lo cierto es que las piezas se unieron cuando me di cuenta de que no quería que ningún otro hombre te viera así vestida.

—Bueno, yo... esto es completamente inapropiado —Sunny quiso levantarse, pero Stefano estaba sentado tan cerca de ella que tendría que haberlo empujado y luego pasar por encima de él.

Sunny se echó hacia atrás todo lo que pudo en la silla.

¿Por qué tenía que gustarle él precisamente entre

tanta gente? ¿Por qué aquellas respuestas físicas que
suponía que le faltaban tenían que saltar con un hombre
como Stefano Gunn?

Se le puso la carne de gallina. Ahora que ya sabía
cómo era el tacto de Stefano, era como si se hubiera
abierto la caja de Pandora.

–Dime por qué –murmuró Stefano.

Sunny no estaba diciendo nada que él no pensara,
pero la precaución no tenía nada que hacer al lado de
las exigencias de su libido.

–Porque... ¡resulta que trabajo para ti!

–De forma muy temporal –le recordó Stefano–. No
soy tu jefe, y tú no eres mi empleada, así que no hay un
código que respetar.

–¡Por supuesto que sí! Aunque no tenga intención
de... de hacer... de hacer nada.

–¿Qué código sería ese?

–Esto es una locura –Sunny se puso de pie y estuvo
a punto de tropezarse con él. Finalmente, Stefano se
apartó y ella pudo dirigirse a la cocina.

Debería marcharse. Pero algo la retenía, debilitando
lo que su cabeza le decía que debía hacer. Tentación.
Eso era lo que sentía. No la había experimentado nunca
en su vida ni antes ni después de John, así que se había
resignado a que su futuro fuera únicamente su trabajo.
Se sentía incómoda en su propia piel, confundida porque su ordenada vida se hubiera vuelto del revés.

–¿De qué código hablamos?

Sunny se detuvo delante de él con los brazos cruzados y los labios apretados.

–Ya sabes a qué me refiero.

–No tengo ni idea, y no sé leer la mente. Por favor,
ilústrame.

–Katherine –murmuró ella odiándose por lo que

ahora le parecía un cotilleo de oficina. Ni siquiera recordaba cómo había surgido aquel rumor.

–¿Katherine? –Stefano frunció el ceño en un gesto de perplejidad.

–Nada. Olvídalo.

–No deberías iniciar conversaciones que no tienes el valor de terminar –nunca había trabajado tanto por una mujer. Era como si ella le hubiera mirado con una sonrisa y él tuviera que atravesar un camino de clavos y ascuas para seguir aquella mirada y aquella sonrisa.

¿Y dónde le llevaría aquel camino?

A ninguna parte. No estaba interesado en una relación a largo plazo. Sunny le excitaba y la dificultad de conseguirla ayudaba a que le excitara todavía más, pero sabía que en cuanto fuera suya sería el principio del fin. Desde su complicado divorcio y la amarga desilusión que lo acompañó, no tenía ni ganas ni fuerzas para mantener una relación más allá de un par de meses. No iba de una cama a otra, pero ni siquiera tras periodos de celibato que a veces duraban meses había sentido el deseo de buscar una relación con una mujer más allá de su curso natural. Que era limitado.

Así que le llamaba la atención estar tan empeñado en conseguir algo que tendría una duración limitada.

Sunny estaba enfadada consigo misma por haber mencionado a Katherine, pero estaban hablando de Stefano. Un hombre poderoso, sexy y rico que pensaba que podía conseguir a cualquier mujer que le gustara.

Tal vez Katherine tenía planes aquella noche y por eso había decidido intentarlo con ella.

No le sonaba muy real, pero le gustaba no concederle a Stefano el beneficio de la duda.

Porque no iba a acostarse con él. Por mucho que le gustara o aunque fuera recíproco. ¿Verdad?

–¿Qué pasa con Katherine? –quiso saber Stefano–. ¿Te preocupa que si nos acostamos juntos se entere y te despida?

–¡No vamos a acostarnos juntos!

Sí iban a hacerlo. Stefano pudo ver el conflicto en su interior como si lo llevara escrito en la frente con letras de neón. Sintió una punzada de orgullo masculino.

¿Se trataba solo de ganar? Nunca había pensado en el sexo en esos términos. Pero tampoco había conocido nunca a una mujer que no estuviera dispuesta y deseosa de irse a la cama con él...

–Yo no se lo contaré si tú no se lo cuentas –murmuró.

Sunny se preguntó si Stefano habría oído lo que le había dicho. Su confianza en sí mismo le resultaba excitante aunque tendría que haberle repelido. Alzó la barbilla en un gesto desafiante.

–No se trata de que Katherine se entere... pero no quiero meterme en terreno de nadie.

–¿De qué estás hablando?

–Los rumores dicen que la única razón por la que le has dado trabajo al bufete es Katherine. Supongo que no debería contarte esto, pero quiero que entiendas por qué esto es una locura, y por qué... bueno...

–Ahora que has empezado deberías seguir. ¿Qué es lo que no deberías contarme? ¿Qué dicen los rumores de Katherine?

«He caído en mi propia trampa», pensó Sunny. Odiaba los cotilleos y, sin embargo, allí estaba, esparciéndolos. Ni siquiera podía fingir que se trataba de un cotilleo relacionado con el trabajo que Stefano necesitara saber.

Era un cotilleo barato y Sunny se estremeció de la vergüenza, pero él la miraba con los ojos entornados, esperando a que continuara. No podía cambiar de pronto de tema y empezar a hablar del tiempo.

–No suelo hacer caso a los cotilleos. Pero fue imposible escapar de este. En cuanto la gente supo que ibas
a utilizar los servicios del bufete empezaron las especulaciones. Somos nuevos en el mercado y es una empresa pequeña, no está entre las cinco mejores. Por eso
la gente dio por hecho... ya sabes...

Sunny aspiró con fuerza el aire. Ya que había empezado a contar aquella historia tan estúpida se sentía en
la obligación de terminar.

–La gente dio por hecho, está claro –murmuró Stefano. No tenía tiempo para cotilleos y menos para gente
que no tenía nada mejor que hacer que hacerlos correr.

Pero creía a Sunny cuando le dijo que no solía escucharlos. Cuando se juntaban dos o más personas era
casi inevitable que surgieran cotilleos, y en un ambiente laboral era casi imposible escapar de ellos.

A menos, por supuesto, que uno viviera en una torre
de marfil, que era más o menos donde él estaba.

–Así que corrió el rumor de que... tal vez Katherine
fuera la causa...

Stefano alzó las cejas, asombrado de la osadía de
quienes habían lanzado semejante rumor sin base ninguna.

–Explícate –le pidió sin disimular la curiosidad.

Sunny dejó escapar un suspiro de alivio porque al
menos no estaba dando vueltas por la cocina amenazando con echarla del bufete.

–Katherine es muy guapa y alguien llegó a la conclusión de que podrías haberle dado trabajo al bufete
como un modo de... de... de...

–¿Quieres que te ayude con esto?

Sunny se lo quedó mirando con angustia. Quería decirle que la persona que había llegado a esa conclusión
no era ella. No sabía si era una conclusión acertada o

errónea, pero odiaba la idea de que sospechara de ella. Sin embargo, si se defendía demasiado sonaría falso.

–Pensabais –dijo Stefano–, que quería meterme en la cama con la bella Katherine y que mi método para conseguirlo era dándole trabajo al bufete...

–Una tontería –murmuró Sunny mortificada.

–Y un poco insultante –dijo Stefano. Pensó que a su madre le resultaría muy entretenido ver hasta dónde habían llegado sus maquinaciones–. Lo que quiero decir... ¿no te parece que yo podría ser perfectamente capaz de seducir a la bella Katherine sin tener que utilizar el soborno?

–No sé cómo empezó ese rumor –Sunny trató de no mostrar su incomodidad.

¿Cómo diablos habían llegado a aquel punto? ¡No iba a acostarse con él! Y, si ese fuera el caso, ¿no tendría que haberse reído ante la locura de su propuesta y haberse dirigido a la puerta?

Eso era lo que tendría que haber hecho una persona sin interés y horrorizada.

Tal vez horrorizada no, se corrigió mentalmente. ¿Quién estaría horrorizada si Stefano Gunn le tirara los tejos? Se trataba probablemente del soltero más codiciado del país, por no decir del mundo entero.

–Aunque... –Stefano se puso de pie, flexionó los músculos y se dirigió a la cocina, donde sirvió vino para los dos– admito que hay algo de verdad tras el rumor, así que quien lo inició debió de oír algo...

Sunny sintió que se le caía el alma a los pies. Se había quedado impactada cuando Stefano le dijo que le gustaba, y en ese momento supo que había estado coqueteando inconscientemente con la idea de acostarse con él, porque escucharle confirmar que Katherine había sido lo que le atrajo hizo que se sintiera mareada.

¿Le había rechazado ella? ¿Y por eso había dirigido Stefano la mirada hacia ella?

–No es asunto mío –dijo con tono seco poniéndose de pie para que Stefano captara el mensaje de que se iba.

–¿Dónde vas?

–A casa. Es tarde.

–No quiero que te vayas. ¿Tú quieres irte?

Stefano vio que dudaba en la puerta, vio el atisbo de indecisión en su rostro, vio que aspiraba con fuerza el aire.

–Yo nunca intentaría algo con una mujer y luego, al ver que me rechaza, buscaría a otra para sustituirla. No soy tan superficial, Sunny. No me gusta Katherine por muy guapa e inteligente que sea. Y te voy a decir algo más, ¿quieres?

–¿Qué?

No le gustaba Katherine. Una oleada de alivio se apoderó de ella y en aquel momento supo que le deseaba, que no tenía ningún sentido, pero había algo en ella que le deseaba y ese algo era más poderoso que la parte ordenada de su cerebro.

–Lo que estoy haciendo ahora –continuó Stefano arrastrando las palabras con su tono aterciopelado y cálido como el chocolate espeso– no es lo que normalmente hago. No suelo tirarles los tejos a las mujeres. No suelo mostrar mis cartas sobre la mesa ni intento convencer a ninguna mujer para que se acueste conmigo. Pero hay algo en ti...

Sunny estaba empezando a marearse.

–Si no te gusta Katherine, ¿qué has querido insinuar al decir que había algo de verdad en el rumor? –estaba intentando pensar con claridad porque de pronto se le llenó la cabeza de imágenes eróticas, imágenes que nunca antes habían formado parte de su vida. Imágenes de sí misma haciendo el amor, abandonándose a una profunda vena de pasión que no se imaginaba siquiera que pudiera existir dentro de ella.

Stefano sonrió.

—La culpable de haber maquinado mi asociación con tu bufete es mi madre.

—No es mi bufete —le corrigió Sunny con tono distraído.

—Es verdad. Mi madre —Stefano se pasó la mano por el pelo porque no recordaba haber tenido nunca una charla tan íntima con ninguna mujer— se ha tomado como algo personal intentar encontrarme una buena mujer desde que mi hija vino a vivir conmigo tras la muerte de Alicia. Cree que una niña necesita una madre, y de paso, cree que me vendría bien una esposa.

—Oh.

—Sí, oh —ironizó Stefano—. Cuando mi madre se empeña en algo puede ser una fuerza de la naturaleza. Cuando intento explicarle que no voy a casarme nunca, se hace convenientemente la sorda.

Cuando se le ocurrió aquella proposición tan audaz no se imaginó que terminaría explicándole nada de todo aquello a Sunny, pero ahora que estaba en ello le pareció que podría ser una buena idea.

Siempre les había dejado claro a las mujeres con las que se acostaba que no estaba disponible para el compromiso. No habría una relación a largo plazo ni conocería a su familia ni hablaría del futuro.

Si alguna pensaba que podía encontrar la manera de sortear aquellas sencillas cláusulas, estaba destinada a llevarse una gran decepción.

Pero todas aquellas mujeres se habían mostrado dispuestas y entusiastas. Sunny no dejó entrever ninguna de esas dos cosas. Y lo que era más importante, se las había arreglado para encandilar a su hija.

No sabía qué pensar. Lo único que sabía era que Sunny era una mujer muy vulnerable bajo la capa exterior debido a su pasado.

Stefano se preguntó cómo era posible que supiera tanto de Sunny sin haberse acostado con ella. Se preguntó si la gratificación sexual instantánea habría obviado siempre la necesidad de tener conversaciones personales importantes, o si su interés por Sunny se había despertado por el hecho de que su hija formara parte de la ecuación. Gracias a su relación con Flora, Sunny había logrado colarse por la puerta de atrás en partes de él a las que ninguna mujer había tenido acceso después del amargo fracaso de su matrimonio.

Se preguntó si Alicia, la madre de su hija, habría tenido alguna vez acceso real a él o si su relación no habría estado condenada desde el principio.

Aquel círculo de preguntas le estaba resultando irritante, así que decidió centrarse en el presente.

–Mi madre conoce a la madre de Katherine –explicó encogiéndose de hombros–. Así que decidió que podíamos formar una buena pareja.

–¿Y tú le seguiste la corriente? –Sunny estaba asombrada porque no le pegaba nada con Stefano.

La conversación parecía estar tomando unos derroteros demasiado personales, y Stefano vaciló antes de ignorar el sonido distante de las señales de alarma.

–Estoy muy unido a mi madre –dijo con tono neutro–. Tal vez no esté de acuerdo con sus intentos de encontrarme una novia adecuada, pero pensé que no me costaría nada encargarle algunos asuntos a tu bufete y conocer a la mujer en lugar de negarme en rotundo y entristecer a mi madre, que al final solo está haciendo lo que cree que es mejor para mí y para mi hija. Por supuesto, hice las comprobaciones necesarias para asegurarme de que el bufete era capaz de hacer lo que yo necesitaba de él. No iba a sacrificar mi dinero por los deseos de mi madre.

–Por supuesto –Sunny se aclaró la garganta.

Si Stefano hubiera sacado todas sus armas para intentar seducirla se habría resistido, o eso quería pensar. Y, sin embargo, estaban allí hablando y tuvo la sensación de que, por alguna razón, se le había permitido entrar en un círculo interno en el que no estaban invitadas muchas personas. No sabía de dónde había sacado aquella impresión. Tal vez porque bajo su despreocupado tono de voz había algo ligeramente... vacilante. Como si estuviera eligiendo las palabras con cuidado porque se movía en territorio desconocido.

Pero todo eran imaginaciones suyas, por supuesto. Podía tratarse de una trampa para conseguir lo que quería. Dejar claras sus intenciones... cambiar de táctica hacia una conversación persuasiva... y luego... el cinismo ayudaba, pero no lo suficiente como para acabar con la curiosidad de Sunny.

–Tus padres deben de ser una pareja muy unida –comentó–. Siempre he pensado que la gente felizmente casada es la que recomienda el matrimonio.

–Mi padre murió, pero sí, tuvieron un matrimonio muy feliz –Stefano estaba asombrado con los giros que estaba dando la conversación, mientras se decía a sí mismo que intercambiar unos cuantos detalles personales no era tan importante, aunque fueran unos detalles personales que no había comentado nunca con ninguna de las mujeres que habían entrado y salido de su vida en los últimos años.

–Las niñas necesitan una madre –Sunny pensó en su propia madre y en sus trágicos errores–. Así que tal vez tu madre tenga razón –se encogió de hombros por si acaso él pensaba que se estaba excediendo al dar su opinión.

–En un mundo ideal –Stefano pensó que aquella podía ser la oportunidad perfecta de dejar algunas cosas claras–, Flora tendría una madre maravillosa y cariñosa, pero este no es un mundo ideal. Para tener una madre maravillosa y cariñosa haría falta que yo me casara, y ese país ya lo visité una vez y no tengo intención de volver a ir.

Apuró su copa, se levantó y se acercó a los amplios ventanales que daban a los jardines antes de girarse a mirar a Sunny.

–Ya estuve casado una vez –afirmó–. Y fue un desastre total. Es algo que no tengo que decirte, pero podría explicar por qué no existe una sola Katherine sobre la faz de la Tierra que pueda convencerme para que crea que el matrimonio es algo más que un accidente de tren a punto de suceder.

–Eso es muy cínico.

–¿Tú crees? Me sorprende que no compartamos la misma opinión.

–¿Lo dices por... mi pasado?

–Sí –Stefano tenía suficiente curiosidad como para continuar con la conversación–. No creo que vayas a decirme que crees en los cuentos de hadas y en los finales felices cuando tu madre, según me has contado, era una mujer fracasada e infeliz y tu padre... un tipo que salió huyendo antes de que tú nacieras y que nunca volvió.

Sunny se sonrojó. No había nada desdeñoso ni compasivo en sus comentarios. Estaba diciendo las cosas tal cual eran, y extrañamente, a ella no parecía importarle.

–Nunca me había parado a pensarlo –Sunny sintió el latido del pulso en la base del cuello. La mirada de Stefano descansaba indolentemente en ella como el susurro de una promesa de las cosas que estaban por llegar. Todos los nervios de su cuerpo estaban en alerta, latiendo con emoción apenas contenida–. ¿Me estás preguntando esto para advertirme de que no me tome las cosas en serio contigo?

Stefano le dirigió una sonrisa porque había algo de asentimiento en aquella pregunta, aunque estaba seguro de que ella no se había dado cuenta.

–No busco ninguna relación con nadie –aseguró ella mirándole y humedeciéndose los labios, que estaban secos–. Y tal vez tengas razón. Tal vez no estoy realmente interesada y no he pensado en ello debido a mi pasado –le dirigió una triste sonrisa–. Tal vez sea porque no tengo buenos modelos de referencia. ¿Cómo voy a creer en cuentos de hadas y finales felices cuando ni siquiera sé qué es eso? Tal vez sea imposible anhelar lo que nunca tuviste y nunca viviste.

No estaba segura de si creía lo que estaba diciendo o no. Solo sabía que cuando creyó haber encontrado a su alma gemela deseó desesperadamente que tuviera un final feliz. Pero con esa alma gemela no salió como estaba planeado.

¿Se habría endurecido a partir de entonces? ¿Se habría convertido en la típica mujer profesional cínica y sin tiempo para el amor y el romanticismo?

Había creído que no tenía la capacidad para responder físicamente en una relación de ese tipo, pero estaba equivocada. Había resultado que sí tenía esa capacidad.

–No tienes que intentar advertirme –dijo con tono seco, atreviéndose a entrar en lo desconocido y sintiendo un escalofrío de excitación–. Como te he dicho, lo último que quiero es tener una relación.

Se rio, embriagada por la sensación de que ya no estaba hablando con el poderoso, temido y respetado Stefano Gunn. Estaba hablando con un hombre que se sentía atraído por ella y en aquel momento ella no era la becaria de un bufete en presencia del hombre más duro de la jungla de asfalto. Eran dos adultos relacionándose para acostarse juntos.

Resultaba... excitante. La hacía ser consciente de lo predecible que era su vida. Había pasado tanto tiempo asegurándose de tener orden y control que en cierto modo el presente se había perdido durante el proceso, igual que la diversión.

–Y menos una relación con un tipo como tú –concluyó con total sinceridad.

Aunque aliviado al saber que los dos estaban en el mismo barco, Stefano también se sintió un poco airado por la rapidez con la que Sunny había puesto distancia, y sobre todo por la rotundidad con la que había afirmado que nunca estaría con alguien como él.

Por supuesto que podía entenderlo. Si se tratara de alguien que buscara una relación estable. Pero no era el caso, y Stefano la creía. Las experiencias marcaban a la gente y las de Sunny habían sido muy duras.

–¿Porque no sería capaz de corresponderte si quisieras una relación?

Sunny se rio entonces y luego le miró con los ojos entornados.

–Eres realmente arrogante, ¿verdad?

Stefano frunció el ceño, sorprendido por su áspera crítica. Le resultaba raro estar con una mujer que no se sintiera intimidada por él o no deseara desesperadamente impresionarle. A excepción de su madre.

–No pretendo ofenderte –se apresuró a aclarar Sunny–. Pero nunca podría tener una relación con alguien tan rico, poderoso y ambicioso como tú.

–¿Desde cuándo el dinero y la ambición son un problema? –preguntó él incrédulo.

–Cuando yo tenía trece años –recordó Sunny mirando hacia el pasado–, conseguí una beca para ir a uno de los mejores internados del país. Allí conocí a muchas chicas que procedían de círculos privilegiados, igual que tú. Hablaban con acento muy esnob, se reían mucho y coqueteaban como locas con todos los chicos. Lo que ellas habrían querido era terminar con alguien rico, poderoso y ambicioso. Si alguna vez encuentro a mi alma gemela, seguramente no tendrá mucho dinero y será amable, considerado y mesurado...

«Y tendrá que ser capaz de hacer lo que tú me estás haciendo ahora mismo... tendrá que encenderme de tal forma que no sea capaz de respirar por la excitación».

–Perdona, voy a bostezar.

Sunny quería estar enfadada por el modo en que estaba despreciando sus sueños, pero al ver su mirada burlona no pudo evitar sonreír.

–Ser considerado y amable puede resultar muy sexy –Sunny bajó la mirada. El calor de su química los rodeaba.

–Tal vez –murmuró Stefano–. Pero mientras tanto... –la ayudó a levantarse y ella aterrizó contra su cuerpo duro y musculoso.

Ahora sabía lo que las mujeres querían decir cuando aseguraban que estaban en llamas.

Le ardía todo el cuerpo. Sentía los pezones duros contra el sujetador y una humedad entre las piernas.

–¿Sí? –susurró, más lejos que nunca de la mujer eficiente y profesional que creía ser.

–Déjame demostrarte lo que alguien rudo y elemental puede hacer por ti...

Capítulo 7

QUÉ pasa con Flora? –parecía la última oportunidad para echarse atrás, y Stefano la miró con expresión seria, como si pudiera leerle el pensamiento.

–¿Te está entrando miedo? –preguntó él sin molestarse en disimular.

–¡No!

–¿Seguro?

–Al cien por cien.

–¿Aunque no soy la clase de hombre con el que tendrías nunca una relación?

–Esto no se trata de una relación, ¿no? –Sunny apenas podía creer que estuviera diciendo algo así. Había dado un giro copernicano en el espacio de una décima de segundo. Nunca se habría imaginado que el deseo pudiera ser tan poderoso. Lo suficiente como para echar por tierra todos sus planes.

Pero estaba a salvo emocionalmente, y eso era de agradecer. Tal vez su cuerpo ansiara una aventura, pero todavía tenía el corazón en su sitio y sabía que su hombre no podía ser Stefano Gunn ni nadie como él.

–Esto es solo... una aventura de una noche –pensó en sus torpes incursiones sexuales cuando salía con John. Si hubiera tenido la más mínima experiencia habría sabido que el eslabón que faltaba... era ese. El eslabón que faltaba era el salvaje latido de su corazón, el deseo de su cuerpo, la excitación ante la idea de que la tocara...

Si hubiera tenido la más mínima experiencia se habría dado cuenta de que lo que tenía perfecto sentido sobre el papel no cobraba necesariamente sentido en la práctica.

Allí estaba ella, sin lograr apenas respirar por la emoción, y sabía que «aquello» tenía que formar parte de la ecuación cuando conociera a algún hombre con el que quisiera tener una relación a largo plazo.

No era solo una cuestión de personalidad, sino también una cuestión de «aquello». Sin eso, la personalidad no tenía mucho que hacer.

Subieron las escaleras tomados de la mano. Al llegar a lo alto, el ancho y espacioso corredor llevaba a la derecha a la suite de Flora y a la izquierda a las habitaciones de Stefano.

Sunny se imaginó una enorme cama y le dio un vuelco el corazón.

Sabía que Flora estaría profundamente dormida. En cuanto apoyaba la cabeza en la almohada se quedaba frita.

El dormitorio de Stefano estaba a oscuras, pero en lugar de encender la luz principal, encendió la lamparita que estaba al lado de la ventana y dejó las cortinas abiertas para que la débil luz de la luna se filtrara en la habitación.

Nerviosa y tensa, Sunny se quedó al lado de la puerta que Stefano había cerrado silenciosamente tras ellos.

Pensó que podría haberse olvidado de cómo era el sexo. ¿Sería eso posible? Sintió ganas de soltar una risa histérica.

Stefano se dio cuenta al mirarla de que estaba ner-

viosa como un gatito. No era la clase de chica que iba
de un hombre a otro con facilidad, y sintió una despro-
porcionada alegría al saber que había sido incapaz de
resistirse a él. Así se igualaban las cosas, porque Stefano tampoco había sido capaz de resistirse a ella.

—Eres preciosa —le dijo con tono dulce mientras empezaba a desabrocharse la camisa tomándose su tiempo,
dejando al descubierto su glorioso torso poco a poco.

Sunny venció la tentación de decirle que él también.
Seguramente lo sabría, se lo habrían dicho muchas mujeres a lo largo de los años. ¿Cómo iba a ser de otra
manera si era tan perfecto físicamente?

No podía dejar de mirarle. No le importaba que él lo
notara y que una sonrisa se asomara a labios de su preciosa boca.

Stefano se quitó la camisa y Sunny observó embobada sus anchos hombros, el vientre de tabla de lavar,
los pequeños pezones marrones que estaba deseando
acariciar con los dedos...

Se le secó la boca cuando Stefano se llevó la mano a
la cremallera de los pantalones. A pesar de la distancia
distinguió el inconfundible bulto de su erección bajo
los pantalones.

—¿Te estás divirtiendo? —Stefano le dirigió una sonrisa de lobo que la hizo estremecerse.

Sunny asintió.

—¿Quieres unirte al striptease o prefieres que yo te
quite la ropa...? Sinceramente, no sé qué me excitaría
más. Tú eliges.

Sunny deslizó los dedos bajo el top, sintiéndose tan
libertina como una bailarina de striptease, y se lo subió
despacio por los senos hasta sacárselo por la cabeza y
tirarlo al suelo. Ahora solo tenía puestos el sujetador y
la controvertida falda.

Stefano se acercó despacio hacia ella. Había algo inocente en el modo en que estaba allí de pie, con las manos a los lados y la barbilla alzada en un desafiante ángulo, como si estuviera pensando si cruzar los brazos sobre el pecho. Y su cuerpo... era tan espectacular como se había imaginado, esbelto y elegante, con la delicadeza de una bailarina.

La erección le latió con cierto dolor.

–No tengo mucha experiencia en... este tipo de cosas... –susurró Sunny.

Stefano estaba en ese instante justo frente a ella. Le puso las manos en los hombros y se los masajeó despacio, relajándola.

–Yo tampoco.

Sunny sonrió y le miró con timidez de reojo. Pero la broma y el modo en que le estaba masajeando suavemente los hombros sirvieron para su propósito: relajarla. Podía sentir que respiraba más despacio.

Suspiró suavemente cuando Stefano se colocó detrás de ella para desabrocharle el sujetador y sus pequeños y firmes senos quedaron al descubierto con los rosados pezones duros y erectos.

El gruñido de admiración de Stefano provocó en ella una oleada de placer.

Tras toda una vida disimulando su cuerpo, le resultaba maravilloso estar allí de pie mostrándolo y disfrutando de su aprobación.

Stefano le cubrió los senos con sus manos grandes y le acarició muy despacio los pezones con los pulgares hasta que ella tembló de excitación y se derritió. Estaba deseando que hiciera mucho más que solo acariciarla.

Stefano se estaba tomando su tiempo. Sunny se dio cuenta de ello y le impresionó su nivel de dedicación, porque estaba segura de que era un hombre acostumbrado a actuar de modo impulsivo y rápido.

La apoyó con delicadeza contra la puerta y ella puso las manos detrás, apretándose contra la madera mientras él empezaba a succionarle los pezones.

Sunny echó la cabeza hacia atrás y cerró los ojos, disfrutando de aquel placer mientras su boca húmeda la succionaba. Tenía los puños apretados en la espalda y empezaron a surgirle gemidos. Cuando Stefano se apartó quiso volver a ponerle la cabeza donde la tenía. Se le enfriaron los pezones mientras él le tiraba de la falda para quitársela.

Stefano se incorporó. La lentitud del proceso estaba acabando con él. Seguía con los pantalones puestos, gracias a Dios, porque, si hubiera podido apretar su erección contra la piel desnuda de Sunny, podría haber pasado de todo.

La mera presión de sus suaves senos contra el pecho le estaba resultando difícil de soportar.

Le puso la mano entre las piernas y sintió su humedad. Muy despacio, aplicando la presión justa, la masajeó allí observando su cara mientras lo hacía, disfrutando de su indefensa y acalorada respuesta. Sunny se apretó contra su mano y giró las caderas.

Cuando Stefano deslizó la mano dentro de las braguitas, ella contuvo el aliento y siguió reteniendo el aire mientras él le metía dos dedos. Encontró su hinchado clítoris y jugó con él hasta que ella le suplicó que parara y luego le suplicó que no parara.

Stefano no paró. La besó largamente con la lengua.

—Tienes que parar... —Sunny se apretó contra su ocupada mano—. O... o yo no seré capaz de parar.

—Bien —le murmuró Stefano al oído provocándole un

estremecimiento–. Siempre me han gustado las mujeres que no son capaces de parar.

Todo resultaba insoportablemente erótico. El hecho de que estuviera medio vestido... que tuviera la mano metida bajo sus bragas... que le estuviera respirando al oído de forma cálida y sexy... que sus pezones rozaran su pecho...

Sunny alcanzó el éxtasis con un profundo estremecimiento que le recorrió el cuerpo y se apoyó sin fuerzas contra él rodeándole el cuello con los brazos. Cuando recuperó el aliento, le mordisqueó el cuello hasta que Stefano se rio, la tomó en brazos y la llevó a la cama en un par de pasos.

–Muy cavernícola –Sunny sonrió soñolienta. Estaba deseando tocarle y que él volviera a tocarla. Le miró con ojos ávidos cuando se puso al lado de la cama para quitarse los pantalones y los calzoncillos. Tenía las piernas largas y musculadas y se tomó su tiempo para admirarlas hasta subir la mirada hacia su impresionante virilidad, erecta y dura como el acero. Se le encogió el estómago y se dio cuenta de que estaba conteniendo la respiración.

–¿Te gusta? –Stefano se detuvo para mirarla.

Estaba desnuda. Se había quitado la ropa interior y era... espectacular. Había estado con mujeres bellas antes, pero Sunny era única de un modo que no podía definir. Había algo intensamente seductor en aquella mezcla de inteligencia, fuerza y vulnerabilidad.

–Si soy la clase de hombre con el que jamás tendrías una relación –dijo deslizándose en la cama y atrayéndola hacia sí para que sus cuerpos desnudos se rozaran–, entonces supongo que nunca antes has estado con un cavernícola –le separó las piernas. Colocó el muslo entre ellas y lo movió despacio con gesto ausente.

¿Desde cuándo le importaba lo más mínimo con qué hombres se habían acostado previamente sus compañeras de cama?

Pero ahora tenía curiosidad. ¿Era él el único tipo inapropiado con el que se había acostado? ¿Hubo otros? No estaba casada, no estaba prometida y no tenía novio, ¿cómo era posible algo así?

Sunny se sonrojó, consciente de su falta de experiencia.

—No —dijo con sequedad—. No hablemos.

Le puso una mano en el pecho y se maravilló ante su dureza. Tenía la cantidad justa de vello, pensó distraídamente, el suficiente para aumentar su poderosa aura masculina.

Sunny no era virgen, pero como si lo fuera. Y allí estaba, con un hombre con muchísima experiencia que había estado con algunas de las mujeres más bellas y deseables del mundo. Sunny no era vanidosa, pero sí sincera. Sí, sabía que había nacido con ciertos atractivos gracias a la genética, pero seguía siendo torpe y tímida y no quería hablarle del único amante que había tenido. De ninguna manera.

«¿Por qué no?», pensó Stefano irritado. Pero le pareció una reacción tan ridícula que casi se echó a reír.

—Tienes razón... hay un lugar y un momento para hablar, y siempre he pensado que ese lugar no es la cama —le lamió el cuello de forma erótica mientras le deslizaba un dedo por el pecho hasta llegar al pezón. Se lo acarició suavemente hasta que Sunny apenas pudo seguir tumbada en la cama.

Ardía por él cuando la boca de Stefano se posó finalmente en uno de sus pezones, cuando le deslizó la punta de la lengua por el otro. Sunny se retorció, decidida esa vez a jugar con él tanto como Stefano estaba jugando con ella.

Le trazó con un dedo las duras líneas del torso y luego le agarró la virilidad con la mano. El estremecimiento que recorrió el cuerpo de Stefano le calmó los nervios porque demostraba cuánto la deseaba. A pesar de la mucha experiencia que tenía.

La deseaba a ella.

Aunque procedieran de mundos diferentes. Aunque Stefano pudiera tener a cualquier mujer del planeta que deseara. Aunque ella no fuera sofisticada ni elegante. La deseaba a ella. Allí y ahora.

La fuerza de su deseo era mutua. El cuerpo de Sunny tomó el mando, parecía saber qué hacer por su propia voluntad.

Abrió las piernas y recibió las caricias de su boca cuando Stefano la bajó, lamiéndola, succionándola y explorándola de un modo que resultaba inimaginable y maravilloso.

Stefano nunca había probado algo tan dulce. Cuando empezó a mordisquearle el suave montículo de entre los muslos ella protestó algo avergonzada y se le agarró del pelo, aunque siguió con las piernas abiertas, dándole la bienvenida.

¿Acaso no la habían acariciado ni besado nunca allí?

La curiosidad se apoderó de él una vez más, y aumentó cuando sintió la ardiente respuesta de Sunny a sus íntimas caricias. Supo por el temblor de sus esbeltas piernas apretadas contra su rostro que estaba disfrutando de cada segundo de la experiencia.

¿Por qué no la había tocado allí ningún hombre antes? Sunny se mostró extrañamente tímida al principio, pero allí había mucha pasión, una pasión gemela a la suya. Era como haber encontrado una mina de oro.

¿Ningún hombre la había llevado antes a aquellas alturas? Sintió un arrebato de felicidad al pensar que él podría ser el primero, aunque la lógica le decía que era casi imposible. Tenía veintitantos años y era preciosa. Seguramente habría tenido muchos amantes en el pasado y él no habría sido el primero en encender su fuego.

Sunny se movió contra su boca y a Stefano se le borraron todos los pensamientos de la mente. Se perdió en su sabor, su olor... un perfume capaz de hacer perder a un hombre la cabeza.

Era una dulce tortura tomarse su tiempo, pero lo hizo, asegurándose de explorarla a pesar de estar al filo.

Colocó la cabeza de su pene cerca de su entrada, pero aquello requería un nivel de contención que se dio cuenta que no tenía.

Sunny le detuvo.

—No estoy tomando la píldora —estaba a punto de perder completamente el control. Su cuerpo ya no le parecía el suyo. Aquel no era el cuerpo torpe y avergonzado que había evitado las caricias de John aunque deseara con todas sus fuerzas excitarse con él. Aquel era otro cuerpo, un cuerpo que parecía tener voluntad propia, un cuerpo que podía fundirse y encenderse al mismo tiempo. Un cuerpo que la excitaba y la maravillaba.

Le dio miedo pensar que Stefano pudiera apartarse de ella porque no tomaba anticonceptivos. Pero ¿por qué iba a hacerlo? No tenía pensado iniciar ninguna relación a corto plazo.

—Si la tomaras daría igual —Stefano abrió el cajón de la mesilla y sacó una caja de preservativos—. ¿De verdad crees que soy tan tonto como para creer a una mujer que me dijera que está tomando la píldora y no puede quedarse embarazada? Ya he pasado por eso. Créeme, podrías tomarte la píldora delante de mí y yo seguiría poniéndome un preservativo de todas maneras porque no volveré a arriesgarme nunca más.

A Sunny le sorprendió la profundidad de su resentimiento, y durante una décima de segundo vio al hombre que se había encerrado en sí mismo emocionalmente, el hombre que había construido una fortaleza de hielo alrededor de su corazón. Y aunque sabía que nada de aquello debería importarle porque desde luego no iban a tener una relación, le resultó de todas formas incómodo. ¿Sería aquello lo que terminó pensando John cuando ambos lo intentaron con todas sus fuerzas y llegaron a la conclusión de que debían seguir cada uno su camino? ¿Que Sunny estaba emocionalmente bloqueada? ¿Que no tenía nada que dar, ni siquiera la generosidad de su respuesta física?

Stefano sintió ese par de segundos en los que Sunny pareció desaparecer, pero luego le pasó los dedos por el pelo y se arqueó para besarle las comisuras de los labios. Estaba duro como una roca cuando se colocó el preservativo con un único y experto movimiento, y luego entró en ella disfrutando de la cálida estrechez de su cuerpo y del movimiento de sus caderas cuando empezaron a encontrar el ritmo. Sunny se movía debajo de él como si sus cuerpos estuvieran hechos para aquello, para unirse en el acto de hacer el amor.

Sunny se agarró a él. Nunca antes se había agarrado a nadie. Había aprendido desde muy pequeña que agarrarse no conducía a nada. Pero ahora se agarró y deseó poder seguir pegada a él para siempre, no quería dejarlo ir. Estaba disfrutando de la sensación de su tenue sudor y su cuerpo musculoso.

Su orgasmo fue como una explosión que la llevó a

otra dimensión. Se inició lentamente y se fue acelerando hasta que no pudo respirar cuando la penetró con largos embates que le volvieron loca. Escuchó a alguien gemir y se dio cuenta de que era ella.

Cuando los dos regresaron finalmente a tierra, Sunny apoyó la cabeza en su pecho y escuchó el firme latido de su corazón. Lo primero que se le pasó por la cabeza fue que no quería que aquello fuera solo la aventura de una noche, y aquella certeza le provocó un gran pánico.

¿Cómo era posible? Acababa de hacer el amor y sentía como si hubiera sido la primera vez, en ese momento entendía por qué tanto alboroto. Aquella maravillosa sensación de estar volando por encima de las nubes, de estar completamente unida a otro ser humano.

¿La convertía eso en alguien vulnerable? Porque en caso de ser así iba a tener que encontrar una cura rápidamente.

Bostezó y se incorporó. Sacó las piernas por un lado de la cama y se llevó la mano a la espalda.

–¿Vas a alguna parte?

Sunny se colocó la melena a un lado y giró la cabeza hacia él.

–A vestirme.

–¿Por qué vas a hacer eso? –Stefano le acarició con indolencia la muñeca.

–Porque es más de medianoche y tengo que irme a casa.

–No tienes que irte a casa. Aquí hay muchas habitaciones. Puedes elegir la que más te guste.

Sunny se dio cuenta de que no había sugerido que compartiera habitación con él, pero era lo lógico. Stefano sabía las líneas que había que trazar. Ella sospechaba que podía tener la capacidad de derretirse, y por su parte él era duro como el acero.

–Si Eric no puede llevarme a la estación, llamaré a un taxi.

Stefano se incorporó y frunció el ceño.

–No quieres hacer eso –tiró un poco de ella para recostarla contra la almohada y le cubrió un seno con la mano, jugueteando con su pezón–. Y tu pezón está de acuerdo conmigo.

Sunny se retorció. Por supuesto, aquella era su mayor fuerza, pensó. No era su aspecto físico, por muy bello que fuera, ni su cuenta bancaria, ni la casa en la que vivía. Era su inteligencia y su sentido del humor. Dos cosas que a ella le encantaban.

–Apuesto a que hay otras partes de tu cuerpo que también estarán de acuerdo conmigo –continuó Stefano con la misma voz sensual–. ¿Quieres que descubramos cuáles son?

–Stefano, se suponía que esto iba a ser una aventura de una noche –pero Sunny percibió la debilidad de su tono de voz y se alarmó. Sonaba como si estuviera tratando de convencerse a sí misma de lo que estaba diciendo, y sabía que él podría ver más allá de su protesta poco firme.

Su cuerpo respondió a su contacto. Pensó que tendría que haberse levantado de la cama con un movimiento atlético y ponerse la ropa antes de que Stefano tuviera tiempo de tocarla. Pero ya era demasiado tarde. En cuanto la tocó, sus buenas intenciones se desvanecieron como el humo.

–El camino del infierno está empedrado de buenas intenciones –citó Stefano.

Sunny hizo un valiente esfuerzo por escuchar a su cabeza y eliminar a su traicionero cuerpo de la ecuación.

–¿No quieres continuar con este proceso de descu-

brimiento durante algo más que unas cuantas horas?
–Stefano inclinó su oscura cabeza para tomar con la
boca el mismo pezón que había estado acariciando y lo
succionó muy despacio y de manera muy erótica, mirándola de reojo mientras lo hacía.

Stefano se incorporó un poco para mirarla muy serio. Sunny solo quería que siguiera con lo que estaba
haciendo.

–No es una buena idea –murmuró.

–Los dos somos adultos... los dos nos gustamos...
¿cuál es el problema?

–No... no quiero situaciones complicadas –Sunny se
mordió el labio inferior con preocupación.

–Ni yo –Stefano la presionó contra la cama y le colocó un brazo a cada lado deslizando la mirada por sus
preciosos senos.

–Apenas te conozco –Sunny sentía que estaba dando
vueltas en círculo. Sus objeciones no tenían sentido.
Stefano no buscaba una relación y ella tampoco. Y sí,
se gustaban. Pero seguramente tendría que haber algo
más que eso si iban a seguir acostándose juntos.

–Sabes más de mí que ninguna otra persona –murmuró él deslizándole los largos dedos por el pelo.

Y era cierto, reconoció Stefano con cierta sorpresa.
Sunny conocía sus motivaciones, sus circunstancias...
conocía a su hija. Y él sabía bastantes cosas sobre ella,
o eso pensaba, porque Sunny era muy reservada. Eso
era lo que le parecía, y le gustaba.

–¿Hasta qué punto crees que debes conocer a una
persona en un caso así? –reflexionó Stefano–. Ninguno
de los dos predijimos que esto ocurriría y sin embargo
aquí estamos. Ocurrió. Nos saltamos los típicos preli-
minares verbales y terminarnos en la cama porque ninguno de los dos pudimos resistirnos. Pero los dos com-

partimos la misma visión pragmática sobre lo que está pasando.

Sunny consideró que «pragmático» no era una palabra muy bonita para describir lo que estaba pasando.

–¿Qué quiere decir eso?

–Los dos sabemos que esto no va a durar, pero estamos dispuestos a disfrutarlo mientras dure. Ninguno de los dos está interesado en algo... complicado. Nos hemos metido en esto con los ojos muy abiertos y a mí me funciona. Supongo que a ti también.

–Es que nunca pensé que yo sería de las que se metían en la cama con un hombre que apenas conozco solo por sexo.

–Un sexo increíble.

–Eres un egocéntrico –Sunny se rio a su pesar.

–Hacen falta dos para que el sexo sea increíble. Y ya que no tienes novio, doy por hecho que te has ido a la cama con hombres que conocías bien y sin embargo terminaste metida en relaciones que no llevaron a ninguna parte. ¿Me equivoco?

–No todo es blanco o negro.

–Se ve más claro cuando las cosas son blancas o negras –Stefano le rodeó el pezón con el dedo y luego se lo lamió suavemente antes de volver a mirarla a los ojos–. Cuando hay demasiado gris se difuminan las líneas. Y a veces vale la pena no pensar demasiado en una situación y simplemente tumbarse y disfrutar de ella.

–¡Bien hecho!

Flora estaba aplaudiendo al borde de la piscina. Stefano estaba encima de una tumbona en la sombra. Había renunciado a leer la sección de economía del periódico del domingo.

Había calmado su inquieta conciencia.

Delante de Flora, Sunny y él eran solo dos adultos que se comunicaban entre ellos y que de vez en cuando la tenían a ella como centro de atención. Flora lo estaba disfrutando mucho y se iba abriendo más cada día. ¿Cómo iba a ser eso algo malo? Con el transcurso del tiempo, Sunny y él terminarían desinflándose y ella desaparecería. Por supuesto, si Flora quería seguir comunicándose con ella podría hacerlo. Nunca se lo impediría. En cuanto a él... sabía que llegaría el día en que cada uno se marchara por su lado, pero iba a disfrutarlo mientras durara.

El sexo era impresionante. ¿Dónde estaba el motivo de preocupación? Stefano sentía que había recuperado todo el control que perdió de manera momentánea cuando se convirtieron en amantes.

Sunny estaba agarrada al borde de la piscina, orgullosa de haber completado su primer ancho buceando.

Cualquiera que observara aquella escena veraniega podría pensar que se trataba de una imagen doméstica perfecta. Sunny sabía que no debía dejarse llevar por ese espejismo. Stefano y ella eran ahora una «pareja». Una pareja que llevaba junta tres semanas, una pareja que Flora parecía haber aceptado con la naturalidad de una niña de ocho años, aunque Sunny no tenía claro qué pensaba realmente la niña de la situación.

Sunny y Stefano nunca intercambiaban ninguna muestra de afecto delante de Flora. Pero, por otro lado, Sunny pasaba mucho tiempo en la casa. La mayoría de las tardes, aunque ya no había necesidad de que estuviera allí y aunque hubiera renunciado a cualquier tipo de pago. Se habría sentido mal recibiendo dinero de Stefano cuando estaba acostándose con él.

–No seas ridícula –le había dicho Stefano–. Cuidas de Flora hasta que yo vuelvo del trabajo. Tienes que separar el trabajo del placer. Cuidar de mi hija es trabajo, y mereces que te pague por ello.

–Si me pagas, me marcharé y no volveré jamás –le había dicho ella.

Aunque eso le habría resultado muy difícil. No era capaz de controlarse cuando estaba cerca de él, y cuando no estaba cerca de él pensaba en él. Se comportaba como una adicta. Había pasado de centrarse cien por cien en el trabajo a centrarse en Stefano.

Se le aparecía su cara cuando estaba mirando la pantalla del ordenador. Escuchaba su voz cuando estaba en la cafetería del bufete comiendo con sus compañeros. Se le aparecía su sonrisa cuando estaba leyendo textos de jurisprudencia legal y tenía que parpadear para que desapareciera.

Muchas veces comían con Flora. Sunny empezó a darse cuenta de que la niña era cada vez más cariñosa con su padre y que interactuaba con él en lugar de refugiarse en el mal humor en que había estado meses instalada.

A Stefano no se le habían pasado por alto los pequeños cambios de su hija y tuvo la generosidad de reconocérselo a Sunny.

–Esto es gracias a ti –le había dicho Stefano dos noches atrás–. Déjame pagarte. Quiero hacerlo. Has hecho mucho más de lo que se puede expresar con palabras.

Sunny se negó. De hecho, podría haber respondido que Flora también había hecho mucho por ella. Y el hecho de estar allí en la piscina con la niña y con Stefano le resultaba algo... normal. Y eso la asustaba porque sabía que no debería ser así.

No entendía qué le estaba pasando. Se sentía tan extraña como el primer día. ¿Sería aquello el equivalente a un enamoramiento adolescente? El corazón acelerado, las palmas sudorosas, el dulce deseo...

¿Habría cometido el gran error de intentar explicarlo todo, de intentar asegurarse de que todo, emociones incluidas, tenía cabida en una hoja de cálculo, y por lo tanto había negado el poder del impulso?

Si ese era el caso, entonces sería un alivio sacárselo de dentro. ¿Y si estuviera casada, con una vida hecha, y alguien como Stefano hubiera irrumpido en su vida de la nada destrozando todo a su paso, incluido su bien trazado plan de vida? Habría sido mucho peor que aquella locura hubiera tenido lugar más adelante del camino.

Se apoyó en el borde de la piscina y le miró. Estaba en la tumbona con todos sus músculos y su atractivo viril.

Sunny se había quedado a dormir la noche anterior, pero siempre en un dormitorio separado. Y antes de entrar en la habitación de puntillas, el recuerdo de sus cuerpos entrelazados como si fueran uno le hizo sentirse un poco emocionada.

En ese momento experimentó aquella familiar oleada de calor al pensar en lo que le esperaba. Sus caricias, su boca, su cuerpo y todo él eran como un zumbido dentro de su cuerpo que siempre estaba ahí, recordándole su presencia en su vida.

Flora le estaba dando una serie de instrucciones de nado que incluían perlas como: «Intenta no respirar debajo del agua», «No te hundas» o «Recuerda que debes pensar como un pez».

Sunny contuvo la respiración y se sumergió bajo el agua. Sonreía feliz cuando apareció al otro lado de la

piscina y se sacudió el agua del pelo. Se giró automáticamente, como hacía su cuerpo siempre que Stefano
estaba cerca, buscándole como un misil de cabeza guiada
buscaba la fuente de calor.

Con el pelo por la cara y chorreando, salió de la
piscina frotándose los ojos. Esperaba encontrarse únicamente con Flora, que estaría aplaudiendo sus progre-
sos, y con Stefano, que las miraría a ambas con gesto
cariñoso.

Pero...

Había una mujer bajita de pelo oscuro al lado de
Stefano mirando a la piscina con la boca abierta, como
si le hubieran pulsado el botón de «pausa» justo cuando
estaba a punto de decir algo.

Y cuando miró a Stefano...

Parecía como si le hubiera gustado pulsar el botón
de «eliminar».

La única que parecía ajena a todo era Flora, y Sunny
la miró agradecida mientras se preguntaba qué diablos
estaba pasando allí.

Capítulo 8

PENSANDO que era tan visible como una serpiente de cascabel en una merienda, Sunny se quedó de pie al borde de la piscina sintiéndose incómoda con el famoso bikini negro. Nunca se había encontrado tan desnuda. La mujer de sesenta y pico años que la miraba con la boca abierta iba impecablemente vestida y arreglada. Aunque la temperatura era de veintitantos grados, llevaba una falda formal amarillo pálido, blusa con lazada al cuello y una chaqueta a juego con la falda.

–¿Stefano? –la mujer se giró hacia él y Sunny aprovechó para correr hacia la toalla. Se cubrió el cuerpo con ella y luego se quedó donde estaba. No sabía si debía presentarse o hacer como si no estuviera allí.

Porque había adivinado quién era aquella mujer. La madre de Stefano.

–Acaba de volver de Escocia –le había dicho él un par de noches antes mientras charlaban–. Pero no debes temer que aparezca de manera inesperada. Mi madre es una mujer extremadamente tradicional para la mayoría de las cosas, y eso incluye lo que ella considera el molesto hábito que tienen algunas personas de aparecer sin avisar. Hay que concertar una cita para que se pueda preparar el té.

–¿Incluso contigo? –Sunny se había reído, pensando una vez más en lo diferentes que eran sus mundos.

–Incluso conmigo –le confirmó él–. Si yo apareciera en su puerta pensaría al instante que había pasado algo malo.

–¿Y qué me dices de Flora? ¿Y si Flora apareciera en la puerta de su casa?

–Se moriría de alegría –admitió Stefano con sinceridad–. Flora ha sido... difícil conmigo, y con mi madre un poco menos pero también. Confío en que las cosas cambien en ese sentido. El té está planeado para el siguiente fin de semana.

Se trataría de una reunión familiar de la que ella quedaría excluida. Sunny lo sabía y no esperaba otra cosa, pero de todas formas en el fondo le dolía.

Los nervios se apoderaron de ella cuando aquel par de ojos oscuros tan parecidos a los de Stefano se giraron una vez más hacia ella y la miraron con interés y curiosidad.

Flora había salido del agua y estaba observando la falda escocesa que le habían llevado.

–Te quedará fenomenal con los zapatos negros –afirmó Sunny para romper el silencio.

–Parece que mi hijo no está siendo todo lo educado que debería.

–Madre, esta es...

–Soy Sunny –le tendió la mano, decidida a dejar las cosas claras y ahorrarle a Stefano y a sí misma la incomodidad de intentar esconderse debajo de la mesa–. Y cuido a Flora de vez en cuando. Cuando su hijo tiene que trabajar hasta tarde.

–¿Como por ejemplo el fin de semana? –los oscuros ojos de la mujer brillaron con humor.

Se giró hacia su hijo y le miró fijamente.

–Stefano, ¿en qué estás trabajando tirado en una tumbona al lado de la piscina? ¿En el bronceado? Porque no veo ese maldito ordenador tuyo por ninguna parte –se giró hacia Sunny–. Aunque tengo que decir que me encanta verle sin esa cosa pegada al brazo. Bueno, ¿por qué no entramos todos a tomar una deliciosa taza de té? ¡He venido por una razón, Stefano! Se me ha borrado con la emoción de encontrarte aquí fuera con una joven de la que nunca se te ocurrió hablarle a tu madre.

Empezó a dirigirse hacia la casa, pero giró la cabeza para decirle a Sunny:

–¡No es así como eduqué a mi hijo! Creía haber criado a un joven respetuoso que sería el primero en decirme que tiene una relación seria.

Sunny se dio la vuelta horrorizada para ver si Flora había escuchado el comentario. Afortunadamente, seguía ocupada revolviendo el paquete de regalo en la mesa que había al lado de la piscina y no estaba prestando atención.

«¿Una relación seria?». ¿Cómo podía estar la madre de Stefano tan equivocada?

Se excusó en cuanto estuvo dentro murmurando que tenía que cambiarse. Stefano estaba tan cómodo con bañador y camiseta como lo habría estado vestido de traje, pero ella se sentía mortificada.

Flora había subido las escaleras para probarse el montón de ropa y mirar el material de arte que le habían regalado. Estaba todo muy bien envuelto, y Sunny se dio cuenta al instante de que había sido escogido con amor y cariño.

–¿Vas a bajar? –Sunny asomó la cabeza en la habitación y la vio absorta en uno de los libros para colorear. Había dejado los rotuladores cuidadosamente colocados delante de ella–. A tu abuela le encantaría charlar contigo.

–Creo que me quedaré aquí un rato –dijo Flora con una sonrisa. Pero luego se mordió el labio inferior con gesto pensativo–. Nana ha sido muy amable al traerme todo esto, ¿no crees?

–Muy amable.

–Dice que tiene en su casa muchas otras cosas que enseñarme.

–Parece encantadora –dijo Sunny. Flora se sonrojó–. No debes preocuparte de haberla ofendido por estar un poco confusa y callada cuando llegaste aquí. Porque también me parece una mujer sabia y seguro que entendió que todo en la vida lleva su tiempo, incluido conocer a alguien. Esas cosas no se pueden acelerar.

–He accedido a pasar la noche allí –Flora volvió a centrarse en el libro para colorear–. Así que bajaré dentro de un rato. Solo voy a terminar esta hoja y luego voy a preparar una bolsa de viaje.

Lo que significaba que Sunny iba a tener que bajar sola las escaleras, sin el apoyo de la niña a la que cuidaba. No sabía con qué iba a encontrarse ni dónde estarían Stefano y su madre, pero se dirigió primero a la cocina, y allí estaban. Su madre estaba sentada en una silla con una taza de té al lado y un platito de pastas. Stefano estaba de pie al lado del ventanal que daba a los jardines y era la viva imagen de la incomodidad.

–Mi hijo no se ha molestado siquiera en presentarnos adecuadamente –aquellas fueron las palabras de bienvenida de la madre. Se puso de pie y extendió la mano como si fuera la primera vez que se veían–. Me llamo Angela, sé que tú te llamas Sunny, pero ¿por qué no te sientas y me hablas un poco de ti? –le lanzó a Stefano una mirada desaprobatoria–. Aunque he podido comprobar por mí misma que tienes una gran influencia en esta casa.

Sonrió y Sunny sonrió también, porque bajo aquel rígido exterior podía sentir un innato y genuino calor.

–Yo... –miró a Stefano en busca de ayuda y él esbozó una sonrisa forzada y triste.

–Stefano me ha contado que lleváis un tiempo juntos.

–¿Ah, sí? –Sunny se estremeció. No sabía si sentirse complacida de que no hubiera intentado borrarla de su vida porque no encajaba o confundida por que no lo hubiera hecho.

–Por supuesto, ahora entiendo por qué no me había hablado de ti...

–¿De veras? –Sunny se acercó a una silla y se sentó porque le temblaban las piernas.

–Quería estar seguro.

–¿Seguro de qué? –preguntó Sunny con un hilo de voz.

–De que no ibas a ser otra de esas aventuras de fin de semana que tanto le gusta tener –Angela le dio un sorbo a su té y se quedó mirando fijamente a Sunny por encima del borde de la taza–. No hacía falta que él me lo dijera, por supuesto –aseguró con naturalidad–. Lo supe desde el momento en que te vi con Flora.

–Ah...

–Pero podemos hablar de esto más tarde. Por el momento... bueno... –se giró hacia Stefano. Era tan menuda y él tan alto que tenía que echar la cabeza hacia atrás para mirarle a los ojos–. Tendrás que ocuparte de esta situación, Stefano. No puedo soportar la idea de que algo bonito se estropee y me temo que si no se soluciona rápidamente eso será exactamente lo que ocurra.

Angela le dio a Sunny una palmadita en el hombro y le dirigió otra de aquellas cálidas sonrisas que podían derretir el hielo.

–Bueno, querida, estoy deseando conocerte mejor, pero por el momento voy a tener que irme. Solo me pasé por aquí porque se trataba de una urgencia. Mi hijo sabe que odio aparecer en casa de la gente porque podrían estar haciendo algo o no tienen tiempo para atenderte... y Flora ha accedido a venir conmigo. No te puedes imaginar lo feliz que me hace eso. Voy a ir a buscarla.

–Iré yo.

Pero Angela se adelantó a su hijo y ya estaba saliendo de la cocina diciendo que quería ver el cuarto de Flora para saber qué tipo de regalos podía hacerle.

–Estoy deseando ser una abuela como Dios manda –dijo esperanzada–. Nunca pensé que llegaría el día en el que Flora quisiera pasar tiempo conmigo. No hace falta que me acompañes, Stefano, pero espero que te pongas en contacto conmigo para hablar del problema de la casa.

Desapareció dejando tras de sí la misma sensación que el paso de un fenómeno de la naturaleza particularmente poderoso.

Stefano miró a Sunny y se maldijo a sí mismo por la incómoda situación en la que en esos momentos se encontraba.

Sunny tenía el aspecto de alguien a quien le hubieran lanzado un pase rápido cuando menos se lo esperaba.

–Mi madre suele tener ese efecto en la gente –dijo arrastrando las palabras y apoyándose en la mesa–. Dice que así fue como conquistó a mi padre. Entró en su vida como un huracán y antes de que él supiera lo que estaba pasando ya se habían casado. Voy a cambiarme y a asegurarme de que Flora esté bien con mi madre. No quiero que mi hija cambie de opinión de pronto respecto a ir con ella. Volveré en diez minutos.

–¿Por qué cree que tenemos una relación seria? –fue lo primero que le preguntó Sunny cuando Stefano apareció quince minutos más tarde en la cocina vestido con unos pantalones de algodón y una camisa blanca.

Había tenido algo de tiempo para pensarlo y no le encontraba el sentido. Stefano le había advertido muchas veces de su falta de interés en el compromiso. Le había dicho hasta la saciedad que no volvería a tropezar con la misma piedra desde que empezaron a acostarse juntos.

Entonces, ¿por qué permitiría que su madre se quedara con la impresión de que lo suyo era algo más? Antes al contrario, tendría que haberle dejado claro que estaba completamente equivocada.

–Como te he contado, la relación de mi madre con Flora ha sido... frágil. Cuando mi exmujer desapareció al otro lado del mundo con nuestra hija, hizo todo lo posible para no facilitarme el contacto con ella y no hizo caso de los acuerdos de custodia que habíamos firmado. Como resultado, tuve muy poco contacto con Flora durante años. Contraté abogados, por supuesto, y traté de remediar la situación, pero las madres lo tienen más fácil con el tema de la custodia de los hijos y no pude hacer mucho. Yo viajaba mucho entonces, no solía estar en el país más de dos semanas seguidas. Alicia lo sabía muy bien y lo utilizó en su provecho.

–Debió de ser horrible para ti –Sunny pensó que debía de ser desgarrador para un padre que se le negara la oportunidad de ver a su propio hijo. Ella sabía de primera mano cuánto necesitaba un niño la atención de sus padres.

Cuando aceptó el trabajo temporal de cuidar de Flora, nunca se imaginó que terminaría metida en aquel drama familiar. Pero tampoco sabía que acabaría acostándose con el tipo que la había contratado, ¿verdad? Contra todo pronóstico. ¿Y cómo se iba a imaginar que terminaría encariñándose con Flora cuando nunca le habían interesado en absoluto los niños?

–Esa es la razón por la que la relación con mi hija ha sido siempre comprensiblemente tirante. Lo mismo puede decirse de mi madre, que ha tenido incluso menos contacto con Flora a lo largo de los años. Prácticamente ninguno desde que se la llevaron a Nueva Zelanda.

–Siento oír eso.

–Lo ha intentado por todos los medios –continuó Stefano–. Y sigue intentándolo. Flora ha sido menos hosca con ella que conmigo, pero tampoco le ha dado el calor que mi madre anhelaba.

–Supongo que esas cosas siempre llevan tiempo... y más teniendo en cuenta todo lo que ha pasado Flora.

–Y aquí lo tienes –dijo Stefano con el tono triunfal de un profesor que estuviera alabando a su alumno favorito por dar con la respuesta correcta.

–¿A qué te refieres? –Sunny estaba confundida.

–A la maravilla de logro –se explicó Stefano abriendo las manos–. Flora ha cambiado. Yo ya me había dado cuenta, pero el cambio no solo tiene que ver conmigo. Parece que su actitud está cambiando, que está empezando a aceptar que no soy un monstruo maligno, que esta casa no es una espantosa prisión ni mi madre una bruja malvada que intenta tentarla con bastones de caramelo... y tú has sido clave en este cambio.

Sunny se sonrojó complacida, pero se apresuró a restarle importancia.

–No –Stefano la detuvo alzando una mano–. No intentes negarlo. Es la verdad –ladeó la cabeza y la miró pensativo–. Antes que nada, seguramente te estarás preguntando por qué ha aparecido mi madre cuando te había dicho que era la última persona del mundo que haría algo así.

A Sunny se le pasó por la cabeza que se habían desviado de la cuestión original, su asombro al ver que Angela había malinterpretado su relación. Pero asintió como si estuviera en trance. Tenía la extraña sensación de que estaba siendo arrastrada por una poderosa corriente sobre la que no tenía ningún control.

–Hay un problema con la casa de mi madre en Escocia...

–Creía que tu madre vivía en Londres.

–Sí, pero de vez en cuando va a la casa familiar que tenemos allí. Motivos sentimentales. Allí vivió con mi padre antes de que él muriera. Todavía tiene muchos amigos allí y los visita con frecuencia –Stefano agitó la mano para acabar con las divagaciones–. Pero la casa es vieja y tiene los típicos achaques de las propiedades antiguas. Al parecer, ha habido una inundación y hubo que salvar ciertas... posesiones y llevarlas a otra parte de la casa. El caso es que mi madre ahora tiene pánico al pensar que las cosas que tanto quiere puedan destruirse si no se arregla el escape de agua como es debido.

Stefano se encogió de hombros y se relajó en el respaldo de la silla.

–Me ha pedido que me tome una semana libre para poder ir allí con ella y con Flora, por supuesto, para ver los daños y hacerles saber a los obreros que hay un plazo para terminar el trabajo.

Sunny sintió una oleada de profunda decepción, pero mantuvo una sonrisa radiante.

Aquella era una despedida a la francesa. Stefano se iba a ir a Escocia y se libraría diplomáticamente de ella antes de marcharse. Así desengañaría a su madre de cualquier idea equivocada que hubiera podido hacerse.

Sunny sabía desde el principio que aquella relación no iba a ser duradera, ninguno de los dos quería. Pero de todas formas se sintió decepcionada.

—¿Cuándo os vais? —preguntó con educación.

Stefano sonrió.

—Cuando mi madre dice que quiere que haga algo, quiere que lo haga ayer. Nos iremos mañana por la mañana temprano.

—Claro —se hizo un breve e incómodo silencio durante el que Sunny intentó pensar en cómo iba a decir lo que iba a decir—. Me despediré de Flora antes de irme, ¿podría venir a visitarla de vez en cuando durante las vacaciones? Siempre y cuando tú no estés por aquí, claro...

—¿De qué estás hablando?

—De nosotros —dijo con cierta tensión, aunque seguía sonriendo—. Esto... soy consciente de que tu madre ha malinterpretado la situación y que tienes pensado decirle la verdad cuando estéis solos.

—¿Y tu respuesta a eso es decirme que te vas pero que vendrás a visitar a Flora en ocasiones cuando yo no esté?

—No tienes de qué preocuparte —afirmó Sunny con tono seco—. No voy a convertirme en una molestia tratando de prolongar lo que sea que haya entre nosotros.

—Reconozco que a mi madre le sorprendió encontrarse con lo que parecía una escena doméstica.

—Tendrías que haberle dicho la verdad. Me siento incómoda teniendo que actuar como si esto fuera una auténtica relación. No me gusta mentir a la gente.

–Mi madre es muy consciente de que tú has sido clave en el cambio de actitud de Flora –afirmó Stefano con rotundidad–. La última vez que habló con ella, Flora estaba tensa y hosca, como de costumbre. Ahora va a pasar la noche con su abuela por su propia iniciativa.

Stefano hizo una breve pausa en la que valoró las consecuencias de lo que estaba a punto de hacer.

Sunny no dijo nada. Tenía la impresión de que estaban dando vueltas en círculo, aunque le parecía que los círculos de Stefano tenían mucho sentido para él mientras que a ella la dejaban completamente en la oscuridad.

–Eso es algo que mi madre no quiere poner en peligro.

–Lo entiendo –los ojos verdes de Sunny brillaban con simpatía, aunque no entendía qué tenía que ver todo aquello con ella.

–Y volviendo a la cuestión de origen...

–Sí, sobre a que tu madre haya creído lo que no es.

–No es tan raro. Nunca antes había traído a ninguna mujer a esta casa.

–¿En serio?

–Procuro mantener mi vida privada en Londres.

Sunny estaba empezando a creerse que Stefano había visto algo especial en ella cuando recordó que no había aparecido allí como su novia, sino como la niñera de Flora. Todo lo demás surgió después.

–Y nunca le he presentado a mi hija a ninguna mujer.

–Sí, pero conmigo es distinto –señaló ella–. Yo vine aquí por Flora.

–No importa –Stefano se encogió de hombros y mantuvo la mirada fija en su rostro–. La escena que se ha encontrado mi madre no ha sido la de una niñera cuidando de una niña. Estábamos los tres en la piscina, algo que en mi caso es insólito. Y Flora estaba relajada y riéndose, igual que tú.

–Puedo entender que...

–Somos amantes, Sunny –la interrumpió él bruscamente–. Tal vez el orden de los acontecimientos no case con las conclusiones de mi madre, pero tenemos una relación y Flora forma parte de esa ecuación.

–Entonces, ¿qué estás diciendo?

–Puede que mi madre no diera su aprobación a las mujeres con las que he salido, pero sabe que nunca les he permitido sobrepasar los límites. En otras palabras, se quedaban en Londres. Ha dado por hecho que esta relación es más seria porque se han traspasado esos límites. También ha visto lo que lleva tiempo deseando ver, una candidata para el papel de madre en el caso de Flora y una esposa para mí... por supuesto, como los dos sabemos bien, eso no está en los planes.

–¡Por supuesto que no! –Sunny parecía verdaderamente horrorizada. Pensó que su madre tendría muchas más reservas si supiera lo poco adecuada que era ella para su hijo.

–Pero de todas formas...

–¿De todas formas? –le urgió Sunny al ver que Stefano no seguía y le dirigía una mirada inquisitiva bajo sus largas y oscuras pestañas.

–Como te he dicho, ella tiene la sensación de que la situación entre su nieta y ella es... frágil. Y con la perspectiva de una semana en Escocia no quiere perder los pequeños avances que ha conseguido. Considera que la única manera de asegurarse eso es que tú vengas.

Sunny tardó unos segundos en asimilar lo que Stefano estaba diciendo y luego parpadeó, preguntándose si le habría oído mal.

–¿Que yo vaya? –se rio nerviosa–. ¡No puedo ir contigo a Escocia!

Stefano contuvo un brote de irritación. Aquella era la manera que tenía Sunny de recordarle que la situación entre ellos era transitoria y que solo incluía la diversión en la cama. No pudo evitar una punzada de excitación en la libido al pensar en que realmente había mucha diversión.

Aquel era justo el tipo de respuesta que tendría que haberle alegrado el día. Una mujer dispuesta, sexy, que conocía los parámetros de lo que había entre ellos y se sentía cómoda... una mujer que estaba en el mismo barco que él. A lo largo de los años se había topado con muchas mujeres que habían terminado deseando algo más de lo que él era capaz de dar, y estar con alguien como Sunny debería resultarle tan aliviador como una brisa fresca en un día de calor sofocante.

Se enfadó consigo mismo al descubrir que esa brisa refrescante brillaba por su ausencia.

Sunny ni siquiera se había planteado la posibilidad de ir con él. ¿No debería estar emocionada por el hecho de que se lo hubiera pedido?

–Si el problema es el trabajo, seguro que puede arreglarse –murmuró apretando los dientes–. Incluso los profesionales más dedicados y ambiciosos necesitan tomarse algún tiempo libre de vez en cuando.

–No se trata del trabajo –respondió ella.

¿De qué se trataba realmente?

Sunny lo sabía. Se trataba de los peligros de implicarse más deprisa y más profundamente en aquella pequeña unidad familiar que no era la suya y nunca lo sería. No se había imaginado nada parecido y tenía la sensación de que estaba perdiendo el control, como si entonces sus días fueran una espera de las tardes y noches que iba a pasar con Stefano y Flora. Tras toda una vida sin familia, le asustaba lo mucho que disfrutaba estando dentro de una... dentro de esa. Pero no era su núcleo familiar, ella solo era una desconocida que miraba la escena a través de la puerta abierta.

La idea de ir a Escocia, de conocer mejor a su madre, sería otro peligroso paso que la acercaría a encontrar todo aquello... indispensable. Era una perspectiva aterradora porque nada en la vida debería ser indispensable.

—Entonces, ¿cuál es el problema? —preguntó Stefano con tono frío.

—No creo que sea una buena idea que me implique todavía más... quiero decir, se suponía que esto iba a ser una aventura de una noche, ¿verdad? Además, no es justo para tu madre que crea que esto es algo que no es...

—Entiendo tus reservas —Stefano habló con más sequedad de la que pretendía. Se pasó los dedos por el pelo—. Por supuesto, sería preferible que no viviera bajo el engaño de que esto es algo significativo, pero aquí hay algo más en juego que la confusión de mi madre.

«Sería preferible que no viviera bajo el engaño de que esto es algo significativo». Aquellas palabras se clavaron en el cerebro de Sunny y se quedaron allí dando vueltas. Era alguien poco significativo. Ese era el resumen, se mirara por donde se mirara. Era alguien poco significativo que solo valía para divertirse en la cama.

—¿Perdona? —se dio cuenta de que no había escuchado lo que Stefano estaba diciendo en ese momento.

—No puedo obligarte a venir a Escocia —afirmó él—. Si lo que iba a ser una aventura de una noche corre peligro de empezar a resultar cargante, entonces por supuesto que le diré a mi madre que ha terminado, que además nunca fue nada serio...

–Y no lo es –Sunny estaba intentando hacerse a la idea de no volver a ver a Stefano nunca más.

–Pero, si le digo que esto ha terminado, entonces ha terminado. Nada de visitas a mi hija y nada de vuelta atrás. Aunque reconocí mi atracción hacia ti, no quería actuar acorde a ella para no poner en peligro mi recién estrenada relación con Flora. Si rompemos desapareces, porque si apareces de vez en cuando por aquí solo removería las aguas. Puedes mandar correos electrónicos, pero nada más. ¿Estás preparada para eso?

Y no le costaría nada hacerlo. No le había temblado la voz al constatar aquel hecho. No quería que lo suyo terminara todavía, pero era una persona pragmática y directa. Si se acababa, se acababa.

–Esta es la primera vez que Flora ha accedido a hacer algo con su abuela desde que llegó a este país y mi madre no quiere que se aleje de ella cuando estén en Escocia. Los niños no suelen pensar de un modo racional y no ven la imagen completa ni valoran las consecuencias de sus actos. Creo que tu presencia sería de gran ayuda... pero no puedo obligarte.

Sunny se quedó pensando en el guante que le había arrojado. ¿Estaba preparada para cortar bruscamente, para alejarse y no mirar atrás?

–Pero tarde o temprano, cuando todo haya terminado, tu madre se enterará de que esto nunca fue algo serio...

–Con un poco de suerte, su relación con Flora irá creciendo día a día...

–Así que ya no le importará que yo no esté en la foto porque tendrá la clase de relación que quiere con su nieta. Y supongo que si se entera de la clase de persona que soy se sentirá muy aliviada al saber que ya no estás conmigo...

–¿Qué clase de persona eres?

–La que ha nacido en el lado equivocado –se odió a sí misma por mencionar siquiera semejante tontería. Siempre se había mostrado decidida a no sentirse inferior por su origen. De hecho, su pasado la había llevado a ser quien era en esos momentos y siempre estaría agradecida por ello.

Entonces, ¿por qué diablos insinuar que podía no ser considerada lo bastante buena para él?

–Estás dando por hecho que mi madre es una esnob –dijo Stefano con frialdad.

–No he dicho eso. Y, además, da lo mismo –afirmó Sunny. Aspiró con fuerza el aire y lo miró directamente a los ojos–. Veré si puedo tomarme la semana libre en el trabajo. Si es posible, entonces iré.

Stefano solo sabía que antes estaba tenso y en ese instante se había relajado. Pero era normal que estuviera tenso. La repentina aparición de su madre y las erróneas conclusiones a las que había llegado habían alterado la situación, y aunque no le gustara que pensara que Sunny y él tenían una relación seria, le gustaba todavía menos que estuviera nerviosa y asustada pensando que Flora pudiera retroceder y volver a su caparazón.

Tenía que reconocer que no estaba preparado para decirle adiós al magnífico sexo que compartían, pero Stefano se dijo con firmeza que esa no era la causa de la tensión.

Si Sunny hubiera decidido que no podía seguir adelante con aquella pequeña farsa por el bien de su madre, dejarla ir habría sido triste, pero no más difícil de lo que lo había sido con cualquier mujer con la que se hubiera acostado en el pasado.

–¿Seguro que tus razones son puramente altruistas? –murmuró Stefano con una sonrisa indolente.

Ella se estremeció de los pies a la cabeza. Stefano no tenía pensado hacer aquella pregunta, y reconocía que se debía en parte al hecho de haberse quedado desconcertado con la facilidad con la que Sunny parecía dispuesta a dejar atrás lo suyo.

—Por supuesto que sí –repuso Sunny, pero sonrió y contuvo el aliento cuando él se puso de pie y acercó la silla a la suya para que sus rodillas se tocaran.

Había momentos en los que bastaba que la mirara para que se notara húmeda, para que comenzara a sentir el lento temblor de un orgasmo.

Aquel era uno de esos momentos.

—Entonces... ¿me estás diciendo que no formo parte en absoluto de tu proceso de decisión? Eso le haría daño a cualquier hombre...

—Tal vez formes parte... pero muy poquito.

—Creo que tendré que demostrarte cuánto formo parte... tenemos toda la casa para nosotros solos. Podemos seguir con las clases de natación pero sin la molestia del traje de baño.

Sonaba muy decadente y muy salvaje. Y extrañamente, a pesar de ser una persona con un pasado desestructurado y difícil, Sunny no era ni salvaje ni decadente. Su madre había sido para ella el ejemplo de lo que no se debía hacer. Faldas cortas, ropa ajustada y muchos hombres... por no hablar de las drogas y el alcohol. Sunny se había rebelado y se había convertido totalmente en lo contrario. Contenida, controlada y con ropa muy discreta. Aquella había sido su manera de mantener cerrada la tapa de la caja de Pandora. Si se abría un poco, ¿quién sabía lo que podía suceder? Después de todo, era hija de su madre.

Se le ocurrió que ese había sido el funcionamiento de su subconsciente, lo que echaba por tierra la teoría de Stefano respecto a que el blanco y negro era la visión más segura para elegir. Porque Sunny vivía ahora en la zona gris y le encantaba. Nadar desnuda en una piscina no iba a convertirla en su madre. Nadar desnuda en una piscina iba a ser sencillamente divertido. Se estaba dando cuenta de que al cerrarse a cualquier cosa que pudiera interpretarse como poco segura también se había cerrado a todo tipo de experiencias placenteras.

Se rio y sus ojos verdes brillaron al encontrarse con los de Stefano.

–Nunca he hecho nada parecido en toda mi vida –confesó permitiendo que él la pusiera de pie. Entonces se apoyó en su pecho y se quedó allí inmóvil, rodeándole la cintura con los brazos mientras observaba su rostro peligrosamente atractivo–. Siempre me ha gustado jugar a lo seguro...

–Bañarse desnudo no tiene nada de escandaloso –le aseguró Stefano. Le gustaba la sinceridad con la que Sunny hablaba de cualquier tema, su absoluta falta de artificio.

–Te sorprendería saber lo escandaloso que me resulta a mí –Sunny se rio e inclinó la cabeza para besarle en los labios. El beso se hizo entonces más apasionado hasta que ella se retorció entre sus brazos.

Stefano podía haberla tomado allí mismo, en aquel momento. Tenía una erección dura como una roca, y pensó que una zambullida en la piscina podría ayudar a ocuparse de aquel problemilla, al menos temporalmente. Porque quería disfrutar del momento.

–Me excita pensar que soy el hombre que te va a llevar a lugares en los que nunca has estado –confesó con un murmullo sensual.

«Y cuando el viaje haya terminado volverás al lugar al que perteneces y... ¿qué será entonces de mí?».

La perspectiva de que Stefano desapareciera de su vida con la rapidez con la que había entrado le produjo una sensación de vacío en la boca del estómago. No sabía qué significaba y no quería analizarlo, pero sí sabía que no le gustaba y que era algo de lo que Stefano no debía sospechar. Se lo decía el instinto.

–Y me alegro de que lo seas –Sunny suspiró y ladeó el cuerpo de modo que él pudiera acariciarla entre las piernas, deslizando la mano bajo las braguitas y frotando los dedos para sentir el calor de su humedad–. Quiero decir... antes de conocerte era muy inocente.

–¿Y ahora?

–Ahora siento como si me hubiera unido al género humano. Siento que he aprendido que correr riesgos no siempre es malo y que no siempre lleva a la debacle y a la ruina –Sunny se rio y le dio un beso, atrayéndolo hacia sí y apretándose contra él.

–Así que ahora vas a ser una inconsciente y una salvaje –Stefano no entendía por qué la idea le resultaba tan poco atractiva.

–No tanto como eso –reconoció ella con sinceridad–. Pero tal vez menos cauta. Quiero decir... si puedo sentirme así de bien contigo, ¿cómo será cuando encuentre al hombre de mi vida?

Sería maravilloso. Desde que terminó con John se había resignado a llevar la vida de una mujer profesional y no se arrepentía de su decisión, pero todo había cambiado. Stefano había despertado a la mujer apasionada y receptiva que había en ella, la mujer que podía aportarlo ya todo a cualquier relación que tuviera, a la relación con el hombre que sería su alma gemela.

Por supuesto, lo lógico era que, si se sentía así de bien con Stefano, que estaba en su vida solo de paso, sería todavía mejor con el hombre que se quedaría a su lado para siempre.

Intentó imaginarse cómo sería aquel hombre, pero el rostro moreno y sexy de Stefano no se le iba de la cabeza.

Stefano pensó que aquello era ya pasarse de sinceridad. ¿De verdad era oportuno hablar de su sucesor cuando aún tenían una relación? Sintió una punzada de inconfundibles celos hacia aquel hombre inexistente que todavía no había aparecido en escena.

Era como para reírse.

Pero él no se rio.

–¿Quién sabe? –preguntó con tono seco–. Tal vez descubras que no va a estar tan bien.

Y, si el reto, por estúpido que fuera, consistía en demostrarle a Sunny que podía llevarla a unas alturas que no alcanzaría con nadie más, entonces, ¿quién era él para echarse atrás ante semejante desafío?

Capítulo 9

ESTAR en Escocia le sirvió a Sunny para recordar todo lo que había olvidado sobre el arte de la pura relajación.

Al principio tenía dudas respecto al viaje. Al día siguiente de haber accedido a ir, cuando se vio subiendo al helicóptero que les llevaría a Perthshire, todavía se preguntaba si era buena idea involucrarse más con Stefano y su familia.

En el fondo, esperaba que en el bufete le dijeran que no podía irse, pero cuando habló con Katherine se mostró encantada de que se tomara unos días libres.

—¿Vas a ir a algún sitio bonito? —le había preguntado.

Sunny trató de ser lo más creativa posible con la verdad sin tener que recurrir a una mentira directa.

Stefano le había dicho que no estaba interesado en Katherine. Pero ¿estaba Katherine interesada en él? En caso afirmativo lo entendería perfectamente y no tenía ningún deseo de interponerse en el camino de nadie ni de crear un mal clima entre ellas que pudiera perjudicar a su trabajo en el bufete.

Sobre todo, teniendo en cuenta que lo que Stefano y ella tenían no iba a perdurar en el tiempo.

También entendía que la madre de Stefano estuviera preocupada por las frágiles semillas de la relación que estaba empezando a construir con su nieta. Flora había llegado a una familia nueva llena de resentimiento y desprecio, y Angela Gunn tenía miedo de que aquel cambio no desapareciera tan deprisa como había surgido.

Y, en cualquier caso, había pensado con un punto de indolencia, acostarse con Stefano era la primera cosa que había hecho siguiendo un impulso salvaje. Así que ¿por qué no disfrutarlo mientras pudiera? Ya había renunciado por completo a la precaución cuando se metió en la cama con él, ¿qué sentido tenía intentar protegerse ahora?

La madre de Stefano creía que tenían una relación seria, y Sunny no se sentía cómoda con aquella confusión, pero sí tenían una relación, y aquel viaje a Escocia sería como pasar unas pequeñas vacaciones con él.

Por supuesto, Stefano no lo había planteado de esa forma, pero en cualquier caso...

Sunny se acercó a la ventana y miró hacia los acres y acres de terreno que rodeaban la casa de campo. Todavía no eran las siete y por todas partes se respiraba ya la emoción de un nuevo día.

El viaje en helicóptero le había dado una pequeña muestra de la espectacular belleza natural de Escocia y una maravillosa primera vista de Perthshire. Angela le había contado que se le conocía como «el país del árbol grande», y no costaba mucho entender la razón.

Desde arriba, mientras el helicóptero se agitaba y zumbaba como una avispa furiosa, lo único que se podía ver era la rica variedad de bosques verdes y colinas alzándose al horizonte. Le habían dicho que también había cascadas escondidas en la profundidad del bosque, y castillos, abadías y fortalezas. Era como mirar el decorado de una película. Sunny tenía la sensación de que en cualquier momento aparecerían ejércitos de hombres montados en blancos caballos rumbo a alguna confrontación mítica.

Y durante los cinco últimos días no se había llevado ninguna desilusión. Los espacios eran grandes y abiertos y los paisajes maravillosos, ajenos a las trampas de la civilización, salvajes e intensamente bellos. Incluso el aire parecía distinto, más limpio en cierto modo. En comparación con aquello, Londres parecía una ciudad de oropel con demasiada gente persiguiendo demasiadas cosas que no tenían demasiada importancia.

La inundación estaba en una pequeña ala de la casa de campo, y Stefano se había encargado del asunto en cuanto llegaron, interrogando al capataz sobre lo que se estaba haciendo, poniéndose en contacto con la aseguradora y llevando a un supervisor y un equipo de obreros que empezaron a trabajar casi al instante de forma muy eficaz.

Flora, encantada con los espacios abiertos que, según confesó, le recordaban a Nueva Zelanda, estaba inmersa en la exploración de la tierra con la compañía de Angela.

–Sabe mucho sobre plantas –le había dicho Flora a Sunny la noche anterior encogiéndose de hombros–. Es interesante. Le dije que podía buscarlo todo en Google con mi teléfono, pero ella contestó que no es lo mismo que tocarlo y verlo de verdad. Va a enseñarme cómo desecar flores.

–Tal vez yo vaya con vosotras –dijo Sunny.

Stefano estaba trabajando durante el día y quería estar en casa para asegurarse de que los obreros se ocupaban del problema de fontanería. Por su parte, Sunny era incapaz de ponerse a trabajar a pesar de que se había llevado el ordenador.

Así que decidió explorar un poco por su cuenta. Empezó por la casa, tras haberle pedido permiso a Angela, que le dijo que podía recorrerla entera. Sunny entró en cada habitación y en todas se quedó con la boca abierta. Era una casa antigua del siglo XVIII, pero se había reformado de un modo muy inteligente de manera que lo antiguo se fusionara con lo nuevo en una perfección sin fisuras. Paneles de madera combinados con alfombras antiguas de seda gris y modernos muebles italianos de diseño. La cocina era un prodigio de tecnología moderna a excepción del doble horno antiguo de color verde botella.

–Es muy grande para que tu madre venga solo de vez en cuando, ¿no crees? –Sunny se giró en ese momento hacia Stefano, que estaba tumbado sobre la cama con la sábana cubriéndole a medias su desnudez, dejando al descubierto solo lo suficiente para recordarle cómo había sido la noche anterior, cuando se pasaron al menos un par de horas haciendo el amor muy despacio.

Se habían tocado el uno al otro por todas partes, y Sunny se estremeció al recordar la sensación de su boca entre las piernas, lamiéndola, saboreándola, excitándola, llevándola al límite del orgasmo.

Se le humedeció la juntura de las piernas. Todavía no se podía creer que hubiera conocido a un hombre capaz de excitarla con solo mirarla.

Stefano sonrió. Tras su divorcio, había convertido en norma no dormir con ninguna mujer, y le sorprendía lo a gusto que estaba pasando la noche entera con Sunny y cómo le gustaba que se despertara a su lado por las mañanas.

Disfrutaba estirando la mano y tocando su cuerpo desnudo cuando le apetecía, a cualquier hora de la noche. Le gustaba cubrirle los senos, jugar con sus pezones, escucharla gemir suavemente mientras disfrutaba de él estando todavía medio dormida. Abría las piernas, y había sido muy excitante un par de noches atrás, cuando Stefano le deslizó un dedo en el montículo de su clítoris y ella llegó al éxtasis contra su mano sin llegar a despertarse del todo, o solo lo suficiente para apretarse contra él con los ojos todavía cerrados. Luego volvió a dormirse profundamente.

—La luz de la mañana está haciendo cosas increíbles con tu cuerpo —murmuró Stefano recorriendo con la mirada las esbeltas líneas de su cuerpo.

Acababa de recuperarse de la sorpresa de que su madre, tan tradicional, les hubiera instalado en la misma habitación. Y no se había tragado la excusa de que hubiera que airear por la humedad los otros dormitorios. Su madre estaba convencida de que Sunny era la elegida y él se mostró encantado de seguirle la corriente. Así se ahorraba una infructuosa conversación para negarlo, y además tenía el premio añadido de contar con Sunny en su cama sin tener que andar escondiéndose por la noche.

—¿Alguna vez piensas en algo que no sea sexo? —comentó Sunny, pero sonreía cuando se dio la vuelta y se apoyó en el saliente de la ventana poniendo el trasero sobre las manos.

Fuera hacía frío, pero en la habitación se estaba bien. El radiador saltaba una hora por la mañana temprano para disipar el frío aire matinal.

—Ayer cerré un acuerdo —Stefano se apoyó en un codo y la miró.

Sunny tenía las piernas ligeramente cruzadas y los senos se le propulsaban hacia delante en una postura que resultaba inocente y provocativa al mismo tiempo.

—He estado pensando en eso durante un rato.... Vuelve a la cama... es demasiado temprano para levantarse.

–Una vez me dijiste que te levantabas a las seis de la mañana todos los días.

–Eso fue antes de descubrir los placeres de quedarse en la cama cuando la otra persona que la ocupa eres tú –Stefano dio una palmadita al colchón y Sunny se acercó a la cama, pero no se metió entre las sábanas.

Se arrodilló sobre la cama con las manos en los muslos.

–Vayamos a dar un paseo.

Stefano observó el entusiasmo de su rostro y pensó en lo distinta que era aquella expresión del recelo que mostraba la primera vez que puso sus ojos en ella. Entonces le pareció demasiado adulta para su edad.

Ahora tenía un aspecto joven, despreocupado. Se reía. Le había confesado que cuando le pidieron que cuidara de Flora en la oficina no supo qué hacer porque cuando ella era niña no tuvo las experiencias propias de la infancia, así que le puso delante las fotocopias de unos casos legales antiguos y la dejó libre sin saber muy bien que el hecho de no esforzarse con ella sería la clave que cimentaría su relación con Flora.

–¿Es apropiado para un adicto al trabajo dar paseos a primera hora de la mañana? –Stefano la atrajo hacia sí de modo que sus senos chocaron contra su pecho, y luego se movió para colocarla encima de su cuerpo.

«Sexo», pensó Sunny. Era lo único que a Stefano se le pasaba por la cabeza cuando estaba con ella. Hablaban y se reían, pero al final lo único que a él le importaba era el contacto físico.

Trató de no obsesionarse con ello, pero, por alguna razón, le dolió pensar en ello en aquel momento y se quitó al instante el pensamiento de la cabeza. Se trataba de pasarlo bien, y perder el tiempo analizando los pros y los contras de lo que estaban haciendo no tenía nada de divertido.

—Muy apropiado —le recomendó.

—Hagamos un trato —Stefano le acarició la tersa piel de las nalgas y le abrió suavemente las piernas para apoyarle la dura erección contra el vientre—. Tu cuerpo glorioso... y luego sí, daré contigo ese paseo matinal.

—Así que volviendo a tu pregunta de antes —Stefano no podía recordar cuándo fue la última vez que había paseado por el bosque que rodeaba la casa de campo. Tal vez cuando era niño, cuando disfrutaba de explorar la naturaleza como su hija lo hacía en esos momentos, maravillándose cuando llegaba a los arroyos y las cascadas.

Lo cierto era que no podía recordar cuándo había salido siquiera fuera... sí, algún fin de semana aquí y allá en el pasado con alguna mujer, pero nunca se había sentido tan relajado como en los últimos días.

Le pasó una mano a Sunny por el hombro.

—Es una casa muy grande para una única ocupante ocasional. Tienes toda la razón, por supuesto, y este último desastre ha estado a punto de convencer a mi madre de que es el momento de vender, comprar algo en la ciudad donde puede ir cuando quiera y poder así mantener el contacto con sus amigos de la zona. Algo que cueste mucho menos mantener. Antes no quería vender porque aquí pasó sus años de casada con mi padre, y además la casa tiene mucha historia familiar por parte de mi padre. Pero al final, lo que importa es ser práctico.

—¿Por eso Flora y ella tienen pensado ir a pasar el día a Edimburgo?

–Seguramente –murmuró Stefano–. Mi madre dice que es porque quiere llevar a Flora a comer a uno de los cafés más bonitos de una de las ciudades más bonitas del mundo, pero no me extrañaría nada que pasara a visitar a un agente inmobiliario. Una de sus amigas tiene una agencia especializada en sitios exclusivos. Solo he hablado con ella de esto un par de veces, pero bastó para dejar claro que tenemos gustos muy distintos en lo que se refiere a una propiedad adecuada para ella. Yo quiero un apartamento. Bajo mantenimiento, sin terreno del que tener que preocuparse, sin problemas de inundaciones. Por su parte, mi madre quiere algo «con personalidad», como ella dice.

Sunny se rio.

–Eso es porque le encanta este sitio y seguramente quiere una réplica pero a mucha menor escala.

Stefano no tuvo necesidad de preguntarle a Sunny cómo sabía lo que su madre sentía por la mansión Nevis. Las dos mujeres habían conectado. Disfrutaban de su mutua compañía y, aunque pareciera extraño, Sunny le había hablado a su madre de su pasado.

–Me preguntó por mi familia –le dijo Sunny a Stefano la segunda noche–. Y no quise mentirle. Ya está bastante mal que piense que entre nosotros hay más de lo que hay como para contarle más medias verdades.

Su madre veía a Sunny como una buena candidata para el papel de esposa. Tal vez estuviera asombrada por su elección. ¿Quién sabía? En su larga lista de relaciones transitorias no hubo ninguna intelectual, y sus encantos nunca quedaban escondidos bajo la ropa. El mero hecho de que Sunny fuera tan distinta a todos los niveles podría haber persuadido a su madre de la autenticidad de su relación. Si se añadía a Flora a la mezcla se conseguía el escenario perfecto.

Así que estaría predispuesta a querer a Sunny.

¿Y Sunny? Le había contado a su madre su doloroso pasado, y tal y como él podía haberle dicho, su madre lo había aceptado porque no era una de esas esnobs que solo daban su aprobación a la gente en función de su estatus social

Sunny, que por dentro era muy vulnerable aunque nadie pudiera verlo bajo su eficiente y controlado exterior, se habría mostrado predispuesta a querer a su madre al sentir que no la juzgaba.

Pensándolo bien, era una combinación perfecta.

Pero Stefano no era su tipo, al menos para una relación a largo plazo. Y ella tampoco era su tipo. Si se escarbaba un poco salía a la superficie la romántica que creía realmente en el amor aunque dijera lo contrario.

Se lo estaban pasando bien y a Stefano le dolía la cabeza al pensar en desilusionar a su madre a la larga con la verdad. Pero para entonces, pensó, Flora y ella habrían formado ya un lazo lo suficientemente sólido para mantenerse a pesar de la desaparición de Sunny. Frunció el ceño y no quiso pensar en cómo se le cerraba la mente cuando pensaba en que Sunny desapareciera de su vida.

–Así que ni madre ni hija cuando volvamos a casa –reflexionó pensativo regresando a la zona de confort en la que se encontraba más a gusto–. Estoy empezando a plantearme tomarme el resto del día libre...

Las filtraciones estaban ya casi arregladas y la mayoría de los obreros se habían marchado ya. Stefano se las arregló para que los tres que estaban dando los últimos toques a las tuberías de cobre no tuvieran ninguna pregunta urgente que hacer y estuvieran entretenidos con la tarea entre manos.

–Porque tengo que trabajar en un asunto importante y no me pueden molestar bajo ninguna circunstancia –les había dicho.

Sunny, que estaba apoyada contra la pared fuera de su vista, sonrió.

Subieron a la habitación convencidos de que nada ni nadie les interrumpiría.

Sexo matinal... que se extendería a sexo a la hora de comer... y luego a sexo de primera hora de la tarde.

Aquello era algo nuevo para Sunny, y se sintió embriagada y un poco perversa al pensar en ello.

Había habido tantas primeras veces con Stefano que había perdido la cuenta.

Se tomaron de la mano y subieron por la enorme escalera de caracol. Había una maravillosa sensación de intimidad. No había necesidad de comprobar que Flora y Angela se habían ido. De hecho, habían visto el coche y al chófer enfilar por el camino de salida cuando regresaron a la casa poco después de las ocho y media.

Había unas dos horas de viaje hasta Edimburgo y tenían pensado quedarse a comer allí.

–El día es nuestro –murmuró Stefano cerrando la puerta del dormitorio tras ellos–. Es una lástima que haya obreros por aquí, en caso contrario podríamos andar por toda la casa sin la molestia de tener que llevar ropa. Tal vez en otra ocasión.

–Si vais a vender la casa no será posible –a Sunny le dio un traicionero vuelco el corazón, porque seguramente aquella era la primera vez que se le escapaba una mención de algo que pudiera relacionarse con el futuro.

–Es verdad –Stefano la guio hacia la cama, sus cuerpos se mezclaron como si estuvieran bailando una pieza lenta sin música.

¿De verdad le había dicho que pensaba volver a llevarla a la mansión Nevis? ¡Si ni siquiera tenía pensado llevarla por primera vez! Por otro lado, le gustaba imaginárselos a los dos recorriendo desnudos la impresionante mansión, haciendo el amor donde quisieran y cuando quisieran...

Stefano se preguntó qué sentiría al sentarse con ella entre sus brazos frente a la gigantesca chimenea antigua de piedra del salón principal en lo más profundo del invierno con la nieve cayendo fuera.

Sacudió la cabeza para librarse de aquel pensamiento ilusorio.

La tumbó en la cama, sobre el revoltijo de sábanas que habían dejado atrás al ir a dar el paseo a primera hora.

Hicieron el amor muy despacio, tomándose su tiempo, y se dieron un baño juntos en la bañera antigua de garras en la que cabían los dos con facilidad. Como no tenían que salir para atender a nadie ni ir a ninguna parte, se quedaron allí un buen rato. Sunny se estremeció cuando Stefano fue enjabonando cada centímetro de su cuerpo. Luego la secó con la toalla y deshizo todo el trabajo que había hecho poniéndose de rodillas delante de ella, abriéndole las piernas y saboreándola hasta que Sunny no pudo controlar el orgasmo que la dejó jadeando y en llamas.

–Desayuno en la cama –sugirió Stefano.

Pero la detuvo cuando ella hizo amago de unirse a él para preparar algo que llevarse al dormitorio. Con tiempo de antelación habrían avisado a su cocinera habitual para que preparara las comidas, pero, según le contó Stefano a Sunny, su madre había decidido que sería mejor para Flora que cocinaran ellos mismos, más natural. Eso era lo que habían estado haciendo durante los últimos días.

–¿Vas a traerme el desayuno a la cama? –Sunny se rio.

–Haré algunas llamadas mientras estoy en la cocina.

–Así que en realidad se trata de trabajar un poco –se burló ella tumbándose otra vez sobre la cama.

Nunca se hubiera imaginado que Stefano era de los que le llevaban el desayuno a la cama a una mujer. Aunque quisiera aprovechar la oportunidad para hacer unas cuantas llamadas de trabajo mientras preparaba la tortilla o tostaba el pan. Estaba haciendo una excepción por ella y Sunny no pudo evitar sentir una punzada de placer.

Si hubiera podido guardar en un frasco aquel día y rociarse un poco cuando quisiera sentirse bien, lo habría hecho. La jornada transcurrió muy deprisa y resultó prácticamente perfecta.

Salieron al jardín a tomar un picnic a la hora de la comida. Stefano les había dicho a los obreros que se fueran para que nadie interrumpiera su intimidad. Compartieron una botella de vino blanco fría y, sintiéndose un poco achispada, Sunny se echó una cabezada en una de las hamacas de la piscina hasta que Stefano la despertó besándole los senos a través de la camiseta. Hicieron el amor allí mismo, lo que también supuso una novedad.

–No creo que pueda andar en línea recta –Sunny se rio cuando regresaron a la casa poco después de las cuatro para limpiar un poco la cocina antes de subir.

–Tomar vino en la comida puede resultar muy peligroso –Stefano sonrió.

–Entonces, ¿por qué llevaste una botella? ¿Querías que terminara sin ser capaz de andar en línea recta?

–No necesitas andar en línea recta, ni torcida ni de ningún tipo porque esta noche vas a estar en la cama conmigo.

Stefano lamentó que no tuvieran la casa para ellos solos para el resto de la noche. Había disfrutado mucho de la libertad de vagar por allí medio desnudos sabiendo que podía tomarla cuando quisiera y que Sunny haría lo mismo.

Sus miradas se encontraron. Sunny se estaba riendo, tenía las mejillas sonrojadas y una expresión adormilada y feliz, sin la guardia levantada.

Y Stefano sintió una fuerte punzada en la boca del estómago.

Él no había firmado por eso. De hecho, se había asegurado de dejar las normas claras para evitar que sucediera. Porque lo que vio era algo que no quería ver. No quería ver que Sunny se había enamorado de él. No quería aquella complicación. Lo que había buscado desde el principio era una aventura sin ataduras. Aunque se tratara de una aventura distinta a las que solía tener, seguía siendo solo una aventura.

Como si reconociera el sutil cambio que se había operado en él, Sunny bajó la mirada. Seguía sonriendo, pero ya no tenía aquella expresión abierta cuando alzó la vista para volver a mirarle.

—Creo que debería darme una ducha —se dio la vuelta y empezó a sacar ropa del cajón—. Tu madre y Flora volverán enseguida.

Sunny se había abierto, le había permitido ver lo que ni siquiera había querido reconocerse a sí misma, y en ese momento...

Se metió en el baño y se quedó unos segundos con la espalda apoyada en la puerta.

¿Cuándo había sucedido? ¿Cuándo había hecho lo impensable? ¿Cuándo se había enamorado de él? ¿Fue cuando la hizo reír? ¿Cuando se le metió bajo la piel y se vio obligada a ver las cosas de otra manera?

Sunny sabía que no fue cuando la acarició, porque por muy expertas que fueran sus caricias, no la habrían llevado hasta allí, hasta aquel lugar tan vulnerable. El lugar que se había pasado toda la vida evitando, el lugar que su madre se había pasado la vida ocupando.

Solo quería disfrutar de Stefano un poco más. Les quedaba un día y medio en Escocia. ¿Qué tenía de malo disfrutar de aquella ventanita antes de romperla? Porque tendría que romperla. Eso lo sabía.

Porque Stefano no la amaba. No la amaba y nunca la amaría. Había conseguido mantener la cabeza fuera del agua mientras ella se hundía sin remedio.

Esperaba encontrarlo tumbado en la cama y esperándola, pero no estaba en la habitación cuando ella salió del baño media hora más tarde completamente vestida.

Aliviada, ya que así tenía tiempo para prepararse de cara a su próximo encuentro ahora que sabía lo que sabía, Sunny bajó las escaleras y se encontró con que Angela y Flora ya estaban en casa en compañía de una pareja mayor y una elegante mujer de la edad de Angela. Flora se puso de pie de un salto en cuanto Sunny entró en la cocina para contarle todo lo que habían hecho en Edimburgo.

Entre historia e historia le presentaron a la pareja y escuchó a medias que tenían que ver con la iglesia, pero prestó más atención a la otra mujer porque era la agente inmobiliaria a la que Stefano se había referido. Le hizo gracia pensar que Angela la había llevado para que apoyara su idea de comprar una casa con jardín en lugar de un apartamento. Había té y pasteles, y Sunny fue consciente de que Stefano entró en algún momento en la cocina y se puso a charlar con Eileen, la amiga de Angela, sobre el mercado inmobiliario.

Transcurrida más o menos una hora, Flora bostezó, Sunny se puso de pie y se ofreció a ir a acostarla. No fue consciente del intercambio de miradas cuando salieron de la cocina.

–Querida, si me acuesto antes de que vuelvas te veré por la mañana –le dijo Angela.

Los invitados también se despidieron de ella. Situada detrás de Stefano, que se había dado la vuelta y sonreía relajado, Sunny tuvo que hacer un esfuerzo por no pasarle los dedos por el pelo, besarle el cuello, sentir el calor de su piel en los labios. Si le vendaran los ojos podría identificarle únicamente con el contacto, conocía su cuerpo a la perfección.

Su cuerpo y todo lo demás. Su risa, el modo en que fruncía el ceño cuando estaba pensativo, la paciencia y el interés con los que escuchaba a Flora, el fuego de sus ojos cuando la miraba a ella.

¿Cómo era posible que no hubiera reconocido las señales del amor acercándose sigilosamente por la espalda como un ladrón en la noche? Sunny se dio cuenta de que a pesar de haber crecido mucho más deprisa que otras chicas de su edad, en lo referente al amor seguía teniendo sus ilusiones intactas. Para ella, el deseo no podía separarse de los sentimientos.

Menudo lío.

Pasó bastante rato hasta que Flora por fin se quedó leyendo. Estaba emocionada por el día que había pasado en Edimburgo y quiso contarle a Sunny muchas cosas. Cuando por fin pudo volver a la cocina para comer algo ligero antes de acostarse, ya era tarde.

No tenía ni idea de dónde estaría Stefano. Normalmente, solía asomarse a darle las buenas noches a su hija, una rutina que Flora había ido aceptando cada vez mejor, pero aquella noche no había aparecido y Sunny se preguntó si seguiría liado con el acuerdo empresarial que le había mencionado.

Lo encontró en la cocina y se detuvo en seco en la puerta porque Stefano estaba bebiendo.

Tenía delante una botella de whisky y estaba arrellanado sobre dos sillas, apoyándose en una y con las largas piernas estiradas en otra. Giró la cabeza para mirarla y le dio un largo sorbo a su whisky observándola por encima del borde del vaso. Sunny sonrió nerviosa y comentó que Flora por fin se había quedado leyendo, y que había disfrutado mucho de su viaje a la capital...

–¿Lo sabías? –Stefano agitó el vaso que tenía en la mano y se quedó mirando distraídamente el líquido ámbar antes de darle otro sorbo.

A Sunny se le aceleró el corazón.

–¿Saber... qué?

Capítulo 10

QUE la amiga de mi madre, que se dedica a la supervisión de bodas, iba a estar casualmente de visita aquí...

—No —afirmó Sunny—. ¿Cómo diablos iba a saberlo?

El hombre que la estaba mirando en aquel momento no era el hombre del que se había enamorado. Era un desconocido de ojos fríos y expresión cerrada que le provocaba escalofríos en la espina dorsal.

—Bueno, parece que últimamente estás al tanto de todo lo que hace mi madre.

—Yo no pedí venir aquí, Stefano —le soltó ella a la defensiva. Se abrazó a sí misma y entró en la cocina para apoyarse al borde de una de las sillas—. Tú has estado trabajando durante días y ocupándote del asunto de la inundación. ¿Qué se suponía que debía hacer yo? ¿Esconderme en el dormitorio e ignorar a Flora y a tu madre?

Stefano se sonrojó. Por supuesto, Sunny tenía razón. Pero no contaba con que se hiciera tan amiga de su madre en tan corto espacio de tiempo. Sabía que su madre vería lo que quería ver, una relación que le proporcionaría la esposa que creía que necesitaba y la figura materna que seguramente su hija sí necesitaba.

Pero la aparición del párroco del pueblo había sido toda una conmoción para él.

Entendió al instante que su madre había ido mucho

más allá y había empezado a imaginarse un final de cuento de hadas para él con Sunny como protagonista.

Había empezado a hacer planes concretos y eso no podía ser. Stefano había sido indolente y había tomado lo que quería, y eso tenía consecuencias. Consecuencias que tendría que eliminar inmediatamente.

Recordó la expresión del rostro de Sunny cuando le miró, sonrojada, abierta y sin ninguna reserva.

Se incorporó, sintiéndose de pronto incómodo, y flexionó los tensos músculos. Se quedó mirando el vaso de whisky ya vacío. La cocina le parecía pequeña, opresiva, claustrofóbica. Sintió la urgente necesidad de golpear algo. La pared, la encimera de granito, cualquier cosa.

Y necesitaba poner distancia física entre ellos porque estar tan cerca de Sunny era un desafío para su fuerza de voluntad.

–Cuando saliste de la cocina con Flora –dijo bruscamente–, me preguntaron sin ninguna sutileza sobre mis intenciones hacia ti.

–¿Tus intenciones?

–Respecto a si tenía pensado comprometerme con esta relación... nuestro buen párroco tuvo a bien cantar las alabanzas del matrimonio.

Sunny estaba completamente roja. ¿Creía Stefano que ella había orquestado aquello con su madre, llevar al párroco a la casa para hacer campaña y conseguir que se comprometiera con ella? ¿Era eso lo que estaba diciendo?

Sintió una oleada de furia y apretó los puños en el regazo.

–¿Y crees que yo tengo algo que ver con esto? –le preguntó en tono suave.

Había palidecido y sus ojos verdes brillaban con rabia contenida. Y Stefano no apartó la vista. Se quedó mirándola fijamente sin retroceder ni un ápice de sus absurdas suposiciones.

Stefano no dijo nada durante unos segundos. Sabía que no le quedaba más opción que enfrentarse a la situación. Su madre estaba decidida a que se casara, pero eso no entraba en sus planes y seguramente nunca entraría. No podía corresponder al tipo de sentimientos que una mujer como Sunny necesitaba y se merecía. Estaba vacío por dentro.

–Sí –dijo entonces–. Sí, se me pasó por la cabeza porque estás enamorada de mí.

Sunny aspiró con fuerza el aire. Se le cruzaron por la mente cientos de pensamientos a la velocidad del rayo, pero sabía que no podía negar aquella verdad. Había una seguridad en el tono de Stefano que la dejaba sin la opción de intentar negar lo que había dicho.

–No sabía que tu madre traería al padre Leary –alzó la barbilla en un gesto desafiante.

Stefano estuvo a punto de sonreír porque aquel gesto la definía. Obstinada, sincera, desafiante, sin huir nunca de las situaciones complicadas. Se había enamorado de él y no lo había negado. Eso no cambiaba nada, pero sí podía reconocerle el mérito.

Diablos, cómo la iba a echar de menos.

Casi lamentó que no lo hubiera negado, que no se hubiera reído y le hubiera dicho que no podía estar más equivocado. La miró y dejó que el silencio los rodeara, espeso y denso, hasta que finalmente Sunny suspiró y apartó la vista porque no quería que él viera que se le habían llenado los ojos de lágrimas.

No iba a negar la verdad y no iba a fingir que se arrepentía de algo. Porque no era así.

–No voy a disculparme –dijo encogiendo un poco los hombros. Parpadeó varias veces y luego aspiró con

fuerza el aire antes de mirarle directamente a la cara–.
Nunca pensé que cabía la posibilidad de que me ena-
morara de alguien como tú.

–Te mereces a un hombre que pueda darte lo que
quieres –Stefano sintió como si estuviera tragando vi-
drio, pero era la verdad–. Yo no soy ese hombre y nunca
lo seré. Y, por cierto, creo que no tienes nada que ver
con la aparición del buen padre Leary esta noche.

Sunny pensó que aquello era lo que se conocía como
una ruptura civilizada y se preguntó si Stefano terminaría así con todas sus novias. Palabras dulces, el discreto
recordatorio de que nunca había prometido nada.

¿Se habría lanzado alguna a golpearle con los puños?

Ella no iba a hacer nada parecido. Lo único que le
quedaba ya era el orgullo y la dignidad, y se aferraría a
ambos.

–Sí, tienes razón, por supuesto –murmuró–. Me me-
rezco a alguien que pueda darme lo que yo quiero, y
ese alguien está ahí fuera esperándome.

Stefano asintió, pero su sonrisa parecía forzada.

–Aunque no me arrepiento de lo que ha pasado entre
nosotros. He disfrutado y me ha abierto todo un mundo
nuevo, y eso está bien –Sunny se dio una palmada en
los muslos y le ofreció una sonrisa que no le llegó a los
ojos–. Supongo que esto es el fin.

–No tiene por qué serlo –se escuchó decir Stefano
con firmeza.

–¿Qué quieres decir?

–No voy a casarme contigo ni con nadie a corto
plazo. Me quemé una vez y no voy a acercarme de
nuevo al fuego aunque parezca inofensivo –se estaba
sorprendiendo a sí mismo, porque no era su estilo intentar retener a nadie–. Pero podemos seguir... siempre
que entiendas... podemos seguir divirtiéndonos.

–¿Hasta que me dejes porque te canses? –Sunny estuvo a punto de reírse–. No creo. No me colgaré de ti como una mujer desesperada y triste que no puede encontrar nada mejor.

Stefano se sonrojó. ¿Qué le había llevado a intentar alcanzar un acuerdo desesperado de última hora? Por supuesto que sería una locura prolongar aquello. Sunny terminaría deshecha en lágrimas.

–Por supuesto, preferiría no compartir dormitorio contigo esta noche –Sunny pensó en Ángela y en Flora y sintió una punzada de desesperación y tristeza al saber que no volvería a verlas.

–No tienes que preocuparte, no voy a ser una molestia, pero, si estás convencida, puedo pedirle al piloto de mi helicóptero que venga antes. Podría estar aquí dentro de hora y media.

El fin de su relación la golpeó en el vientre con la fuerza de un mazo. Asintió en silencio y se escuchó a sí misma decirle que seguramente era mejor así y preguntándole qué le iba a decir a su madre y a Flora.

Su voz parecía surgir de muy, muy lejos. Finalmente, cuando le pareció que ya no tenía nada más que decir, se puso de pie y se dirigió a la puerta de la cocina.

Una parte desesperada y patética de sí misma quería que Stefano la detuviera, que la estrechara entre sus brazos y le dijera que él también la amaba después de todo.

Pero eso no sucedió, y Sunny subió a la habitación, hizo el equipaje y miró a su alrededor para ver si se dejaba algo.

¿Cómo era posible que tanta pasión, tanto amor y tanta ternura terminara así, con Stefano acompañándola educadamente al helicóptero? Así fue. Sunny llegó una hora más tarde a las afueras de Londres, donde el chófer de Stefano la esperaba para llevarla a su casa.

No se habían despedido con un beso, y mantener la compostura había sido lo más difícil que Sunny había tenido que hacer en su vida.

Se había marchado y todo había terminado.

Stefano se quedó mirando el móvil que tenía encima del escritorio. Luchar contra el deseo de marcar su número era una batalla diaria para él a pesar de que habían pasado dos semanas de silencio.

Ya era bastante agotador tener que enfrentarse a la batería de preguntas por parte de su madre, la desilusión acusadora de su hija y la incómoda sensación de ser persona non grata en su propia casa.

¿Y qué diablos pasaba con Sunny?

También tenía que luchar contra la tentación constante de llamar al bufete para intentar sacarle información a Katherine.

No podía concentrarse, por primera vez en su vida sentía que era incapaz de seguir adelante. Las demás mujeres no le atraían en absoluto. Por supuesto, estaba convencido de haber hecho lo correcto, no podía continuar con una relación sabiendo que no sería capaz de corresponder a los sentimientos de la otra persona y eso acabaría estallando por algún lado.

Había aprendido la lección con su ex. Sencillamente, no tenía la habilidad de adentrarse en aquel drama sin sentido que sin duda ella terminaría exigiéndole.

¿Acaso no lo había dejado claro desde el principio? Entonces, ¿por qué le había presionado Sunny hasta el punto de tener que tomar una decisión que había puesto fin a la situación antes de llegar a su conclusión natural?

Con los pensamientos dándole vueltas en la cabeza, Stefano siguió mirando fijamente el móvil y dio un respingo al ver que zumbaba. Cuando lo miró vio que se trataba de Katherine, a quien le había dado su móvil como un gesto de cortesía teniendo en cuenta que sus madres eran amigas.

Se trataba de una cuestión de trabajo. Un tecnicismo legal que tenía que resolver con él. Katherine le dijo que le llevaría los papeles cuando saliera del trabajo.

–No –Stefano tomó una decisión allí mismo y sintió una oleada de alivio al tener una excusa para hacer lo que quería hacer–. Yo me paso por allí.

–No es tan urgente.

Percibió el asombro en el tono de voz de Katherine, pero decidió ignorarlo. Cierto, no era su estilo ocuparse personalmente de nada que no fuera de máxima importancia, pero ¿por qué tenía que atenerse a las normas?

–Estaba a punto de salir de la oficina de todas formas –Stefano ya estaba de pie para agarrar la chaqueta que había dejado en el sofá de cuero del despacho. Era viernes y todavía no eran las cinco. Resultaba impensable que estuviera pensando en marcharse tan pronto–. Si vas a marcharte, déjale los papeles a alguien. Déjaselos a Sunny. Tengo que verla de todas formas, de este modo mato dos pájaros de un tiro.

Se dirigió al garaje a paso rápido, entró en su Ferrari y se estaba dirigiendo al bufete Marshall, Jones y Jones antes de darse tiempo para pensar en lo que estaba haciendo.

Despejó todas las dudas de su cabeza mientras aguantaba con impaciencia el tráfico del viernes por la tarde tamborileando los dedos en el volante, preguntándose qué haría si Sunny se hubiera marchado el fin de semana.

Perseguirla.

El edificio tenía aparcamiento, y entró a toda prisa en él. Solo redujo la velocidad cuando se acercó a las opacas puertas de cristal. Cuando se dirigió al despacho de Sunny, situado al fondo, ya había recuperado completamente la compostura.

Había mucha gente saliendo. La estampida del viernes por la tarde de trabajadores que estaban deseando empezar el fin de semana.

Stefano no se fijó en ninguno de ellos. Tampoco notó las miradas de interés que fue recibiendo a medida que avanzaba hacia el despacho de Sunny.

Estaba sentada sola en su despacho. Los documentos que Katherine le había dado descansaban sobre el escritorio y tenían el poder de una granada de mano.

Katherine había entrado a toda prisa.

–Stefano va a pasarse a recoger estos papeles, Sunny, le he dicho que te los dejaría a ti. Tú no tienes muchísima prisa, ¿verdad?

No, por supuesto que no. ¿Prisa por llegar a dónde? ¿A su apartamento, para poder retomar lo que dejaba allí cada vez que salía? ¿Para pensar en Stefano, repasar en su cabeza los recuerdos como una canción que se repitiera una y otra vez? ¿Fingir que estaba superándolo cuando no era así?

Nunca había trabajado tantas horas extras, y ahora lo hacía porque al menos era una forma de distracción.

Y de repente...

Lo último que Stefano habría querido sería verla, pero Sunny sospechaba que Katherine le había puesto en una posición comprometida por las prisas, sugiriéndole que pasara él mismo por el bufete para recoger los papeles. La idea de imaginárselo acorralado y obligado a verla hizo que Sunny sudara un poco.

No tenía ni idea de qué había pasado. ¿Habría sido ya reemplazada? No quería pensar en ello, pero no podía evitarlo. Todo el tiempo. Stefano había conseguido zafarse de ella y sin duda ya se habría lanzado a buscarle una sustituta con una abrumadora sensación de alivio. Escuchó sus pasos acercándose y todas las terminaciones nerviosas de su cuerpo se pusieron alerta mientras esperaba a que apareciera en el umbral del pequeño despacho que ocupaba junto con otros becarios que, lamentablemente, se habían marchado ya para disfrutar del fin de semana.

—Tengo esos papeles —los nervios la llevaron a lanzarse a hablar, pero al instante se le secó la boca y se quedó mirándole fijamente.

¿Cómo era posible que hubiera olvidado lo poderoso y sexy que era? ¿Cómo podía haber suavizado el devastador efecto que tenía sobre sus sentidos? Había ido directamente del trabajo, y como hacía tiempo que no le veía vestido de traje, no pudo evitar quedarse mirándole, disfrutando de las líneas de su cuerpo musculoso embutidas en el impecable traje italiano hecho a medida.

Parado en el umbral, Stefano no podía creerse que hubiera tardado tanto tiempo en ponerse en contacto con ella, no podía creerse que hubiera sido tan estúpido como para esperar a que apareciera un intermediario.

No podía creerse que hubiera sido tan estúpido. Punto.

No podía creerse que hubiera sido tan tonto como para dejarla ir, como para haberse creído su propia mentira de que era un hombre que ya no tenía sentimientos.

Y en ese momento, al ver cómo Sunny le entregaba bruscamente los papeles, no podía quedar más claro que estaba deseando que se marchara.

—¿Dónde está todo el mundo?

—Se han marchado ya. Son casi las seis —Sunny era consciente de lo que eso decía de ella y no le importó. ¿Y qué si entonces carecía de vida social? Tampoco había sido nunca muy importante para ella, estaba demasiado ocupada tratando de ascender en el plano profesional como para considerarlo importante.

Stefano cerró muy despacio pero se quedó donde estaba, con la espalda apoyada contra la puerta y tratando de encontrar las palabras adecuadas.

Con los nervios a punto de estallar, Sunny empezó a recoger las cosas para marcharse. Ordenó el escritorio, colocó algunos informes bajo un pisapapeles y se tomó su tiempo sacando la chaqueta del respaldo de la silla. Cualquier cosa con tal de evitar el contacto visual. Stefano no había recogido los papeles, que seguían sobre la mesa. Sunny no sabía si dejarlos allí o dárselos en mano.

–¿Cómo están Flora y tu madre? –le preguntó finalmente para romper la tensión del silencio que había entre ellos.

–Te echan de menos. ¿Quieres cenar conmigo?

Sunny se quedó quieta, pero no le miró.

–Creo que no, Stefano.

–Por favor.

–¿Por qué? –de pronto estaba enfadada de verle allí, en su espacio, metido en su cabeza cuando tendría que estar en proceso de recuperación–. ¿Qué haces aquí? –le gritó prácticamente–. ¡Yo no te he pedido que vinieras! Has venido a por los papeles y ahí están, encima de la mesa. ¿Por qué no los recoges y te vas?

–No quiero –murmuró Stefano.

–¡No me importa lo que tú quieras o no!

–Necesito hablar contigo.

–¿De qué? Ya hablamos de todo lo que teníamos que hablar.

–¿Todavía me amas?

–Eso no es justo –Sunny no fue siquiera consciente de haber dicho aquello en voz alta. Había palidecido y lo miraba con los ojos muy abiertos.

–Te he echado de menos –fue lo único que se le ocurrió decir a Stefano.

Y a ella le dio un vuelco el corazón. Luego volvió a enfadarse otra vez por arrastrarse por las migajas como una mujer patética, dependiente y necesitada que no quería ser.

–Lo superarás –dijo con sequedad.

Pero algo se le iluminó por dentro, porque eso significaba que no había sido reemplazada a toda prisa.

–No creo –murmuró Stefano en voz tan baja que Sunny tuvo que agudizar el oído para entender lo que había dicho. Finalmente, se apartó de la puerta con las manos en los bolsillos–. He sido un idiota.

–¿Qué quieres decir? –preguntó Sunny con tono ronco.

–¿Podemos sentarnos al menos? –le pidió él–. Esto es bastante duro para mí.

–No voy a tener una aventura contigo, Stefano. Si has venido por eso, sencillamente... no puedo...

–No quiero tener una aventura contigo.

–Me alegro.

Y era cierto. De ninguna manera pasaría por eso.

Sunny se sentó detrás del escritorio y Stefano arrastró una silla, pero en lugar de sentarse frente al escritorio, que hubiera sido lo normal, lo hizo a su lado, de tal modo que sus rodillas prácticamente se rozaban.

Tan cerca que podía aspirar su embriagador aroma.

–Entonces, ¿qué es lo que quieres? –le preguntó nerviosa.

–Quiero casarme contigo.

Sunny se rio amargamente.

–Si crees que con eso vas...

–Lo digo en serio –afirmó Stefano muy serio. Suspiró profundamente y se pasó los dedos por el pelo–.

Después de mi matrimonio quise protegerme cerrándome emocionalmente. Era lo más seguro para mí. Me acostaba con mujeres, pero no tenía interés en ir más allá de eso. Sexo. Un acto físico, vacío de las complicaciones del compromiso. Ya había estado comprometido, o, mejor dicho, me habían arrojado el compromiso encima, y aprendí de primera mano lo desastroso que podía ser. Sí, veía algunos matrimonios felices, pero me parecían los menos y yo no estaba dispuesto a acercarme a esa situación nunca más. Nunca volvería a arriesgarme. Y entonces apareciste tú.

Sunny escuchaba cada palabra que estaba diciendo. Los destellos de esperanza que habían aparecido en cuanto Stefano le dijo que la había echado de menos crecían cada vez más como tentáculos por todo su ser.

Por primera vez desde que entró en el despacho, Stefano sintió que podía volver a respirar con tranquilidad. Buscó la mano de Sunny y entrelazó los dedos con los suyos. Le besó los nudillos y luego la miró.

–Me encantaste –confesó–. Y eso no suponía ningún problema. Podía arreglármelas con ello. Y, cuando me vi hablando contigo, contándote cosas que nunca le había dicho a nadie antes, pensé que se debía a que habías entrado en mi vida por una puerta distinta...

–Flora.

–Flora. Tú la conocías. Habíais congeniado. Era natural que ocuparas un lugar ligeramente distinto al que habían ocupado todas mis demás amantes en el pasado. Y entonces mi madre entró en la ecuación y... las cosas cambiaron. No, las cosas habían cambiado ya antes. Pero yo no me había dado cuenta. No supe ver que ya no podía controlar lo que sentía, sino que lo que sentía me estaba controlando a mí. Cuando me di cuenta de que me amabas... no pude enfrentarme a ello. Seguía

aferrado a la teoría de que yo estaba al mando, de que
tenía mis parámetros y esos parámetros no podían atra-
vesarse.

–Yo tampoco tenía pensado enamorarme de ti –admitió Sunny con un profundo suspiro–. Yo también tenía mis parámetros –sonrió al pensar en lo ingenua que
había sido al creer que también ella podía controlar lo
que sentía–. Luché contra ello, ¿sabes?

–Pero era una batalla perdida. Lo sé, cariño. A mí
me pasó igual. Al menos tú tuviste el valor de admitir
lo que sentías y no esconderte. Yo no. Pero, diablos, te
echo de menos, Sunny. Echo de menos el modo en que
te ríes; echo de menos tu sinceridad y tu obcecación.
Echo de menos abrazarte, despertarme a tu lado y saber
que estarás conmigo en la cama cada noche. Echo de
menos todo.

–¿Habrías venido... de no haber sido por estos papeles?

–Podría haberme llevado un poco más de tiempo su-
perar mi tozudez, pero no podría no haber venido porque
te amo. Te amo, te necesito y quiero que estés a mi lado
para siempre.

Sunny sonrió y se dio cuenta de que no podía dejar
de hacerlo.

–De acuerdo. Pues al final me has convencido para
que vaya a cenar contigo –bromeó.

–¿Puedo convencerte también para que te cases conmigo?

Sunny ladeó la cabeza y lo miró pensativa.

–¿Sabes qué? Sí, mi querido Stefano. Creo que sí
puedes...

Bianca

Tuvo que marcharse de la isla con algo más que un tórrido recuerdo

Stergious Antoniou no había vuelto a ver a su conflictiva hermanastra, Jodie Little, desde la noche en que ambos dieron rienda suelta, al fin, a la atracción prohibida que palpitaba entre ambos. Jodie había vuelto a Atenas durante un periodo crucial en las negociaciones de un acuerdo que su presencia podía poner en peligro, de modo que Stergious decidió retenerla cautiva en su isla privada hasta que todo hubiera terminado.

Jodie quería enmendar el pasado, pero, al estar cerca del irresistible Stergios, había vuelto a caer esclava de su destructivo deseo. Una última noche ilícita debería dejar atrás de una vez por todas la atracción…

UNA NOCHE GRIEGA
SUSANNA CARR

Acepte 2 de nuestras mejores novelas de amor GRATIS

¡Y reciba un regalo sorpresa!

Oferta especial de tiempo limitado

Rellene el cupón y envíelo a

Harlequin Reader Service®
3010 Walden Ave.
P.O. Box 1867
Buffalo, N.Y. 14240-1867

¡Si! Por favor, envíenme 2 novelas de amor de Harlequin (1 Bianca® y 1 Deseo®) gratis, más el regalo sorpresa. Luego remítanme 4 novelas nuevas todos los meses, las cuales recibiré mucho antes de que aparezcan en librerías, y factúrenme al bajo precio de $3,24 cada una, más $0,25 por envío e impuesto de ventas, si corresponde*. Este es el precio total, y es un ahorro de casi el 20% sobre el precio de portada. !Una oferta excelente! Entiendo que el hecho de aceptar estos libros y el regalo no me obliga en forma alguna a la compra de libros adicionales. Y también que puedo devolver cualquier envío y cancelar en cualquier momento. Aún si decido no comprar ningún otro libro de Harlequin, los 2 libros gratis y el regalo sorpresa son míos para siempre.

416 LBN DU7N

Nombre y apellido	(Por favor, letra de molde)

Dirección	Apartamento No.

Ciudad	Estado	Zona postal

Esta oferta se limita a un pedido por hogar y no está disponible para los subscriptores actuales de Deseo® y Bianca®.
*Los términos y precios quedan sujetos a cambios sin aviso previo. Impuestos de ventas aplican en N.Y.

SPN-03   ©2003 Harlequin Enterprises Limited

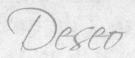

Corazones divididos
Sarah M. Anderson

Ben Bolton tenía bastante con
llevar las riendas de su negocio.
Sin embargo, cuando la encantadora Josey Pluma Blanca entró en su despacho, sus prioridades cambiaron. Se negaba a
dejar que una mujer tan atractiva desapareciera de su vida.
Josey siempre había buscado
una cosa: encajar en su familia
de la tribu Lakota. No tenía tiempo para tontear con un tipo rico y
sexy. Pero tampoco podía dejar
de pensar en Ben. Enamorarse

de un adinerado forastero destruiría todo por lo que había luchado...

La perseguiría hasta conseguirla

Bianca

Los votos del matrimonio podían romperse...

Lara Gray tenía fama de atrevida, pero seguía siendo virgen; y, cuando se encontró con Raoul di Vittorio, el hombre más atractivo de Roma, se quedó atónita. ¿Cómo era posible que la hubiera cautivado tanto en una sola noche?

La impresionante y refinada Lara no sabía que el tenaz y rico Raoul necesitaba una esposa temporal tras el desastre de su primer matrimonio. Lara era perfecta para ese papel. Pero, si se quería salir con la suya, Raoul tendría que hacer dos cosas: convencerla para que se casaran y mostrarle las ventajas de convertirse en la nueva señora Di Vittorio.

UNA OSCURA PROPOSICIÓN
KIM LAWRENCE